U0627567

博物志

【晋】张华◎著
施袁喜◎译注

人民东方出版传媒
People's Oriental Publishing & Media
東方出版社
The Oriental Press

图书在版编目（CIP）数据

博物志 / (晋) 张华 著；施袁喜 译注 . — 北京：东方出版社，2024.2
ISBN 978-7-5207-3264-2

Ⅰ . ①博… Ⅱ . ①张… ②施… Ⅲ . ①笔记小说 - 小说集 - 中国 - 晋代 Ⅳ . ① I242.1

中国国家版本馆 CIP 数据核字 (2023) 第 179232 号

博物志
（BO WU ZHI）

作　　者：（晋）张　华
译　　注：施袁喜
责任编辑：邢　远
出　　版：东方出版社
发　　行：人民东方出版传媒有限公司
地　　址：北京市东城区朝阳门内大街 166 号
邮　　编：100010
印　　刷：天津旭丰源印刷有限公司
版　　次：2024 年 2 月第 1 版
印　　次：2024 年 2 月第 1 次印刷
开　　本：650 毫米 × 920 毫米　1/16
印　　张：18
字　　数：200 千字
书　　号：ISBN 978-7-5207-3264-2
定　　价：88.00 元
发行电话：（010）85924663　85924644　85924641

总序

中国文化是一个大故事，是中国历史上的大故事，是人类文化史上的大故事。

谁要是从宏观上讲这个大故事，他会讲解中国文化的源远流长，讲解它的古老性和长度；他会讲解中国文化的不断再生性和高度创造性，讲解它的高度和深度；他更会讲解中国文化的多元性和包容性，讲解它的宽度和丰富性。

讲解中国文化大故事的方式，多种多样，有中国文化通史，也有分门别类的中国文化史。这一类的书很多，想必大家都看到过。

现在呈现给读者的这一大套书，叫作“图文中国文化系列丛书”。这套书的最大特点，是图文并茂；既精心用优美的文字讲中国文化，又慧眼用精美图像、图画直观中国文化。两者相得益彰，相映生辉。静心阅览这套书，既是读书，又是欣赏绘画。欣赏来自海内外二百余家图书馆、博物馆和艺术馆的图像和图画。

“图文中国文化系列丛书”广泛涵盖了历史上中国文化的各个方面，共有十六个系列：图文古人生活、图文中华美学、图文古人游记、图文中华史学、图文古代名人、图文诸子百家、图文中国哲学、图文传统智慧、图文国学启蒙、图文古代兵书、图文中华医道、图文中华养生、图文古典小说、图文古典诗赋、图文笔记小品、图文评书传奇，全景式地展示中国文化之意境，中国文化之真境，中国文化之善境，中国文化之美境。

这是一套中国文化的大书，又是一套人人可以轻松阅读的经典。

期待爱好中国文化的读者，能从这套“图文中国文化系列丛书”中获得丰富的知识、深层的智慧和审美的愉悦。

王中江

2023 年 7 月 10 日

前言

《博物志》是一本中国古代博物学志怪小说著作，由西晋博物学家张华编纂而成。这是一部集异域风物、奇闻逸事、神仙方术、自然地理知识及人物传说于一体，包罗万象的博物学古典著作，其分类记录了自然地理概貌、人物传说等，展现了丰富多彩及奇绝诡谲的自然与人文景观。《博物志》在文学史上具有突出地位，尤其对后世的小说、戏曲等文学体裁的创作，产生了深远的影响。阅读这本书，我们可以在奇山异水的世界里，尽享一次惊险且愉悦的旅行。

《博物志》作者张华，字茂先，范阳郡方城县（今河北固安县）人。张华生于魏明帝太和六年（232年），卒于晋惠帝永康元年（300年）。张华出生在一个贫穷的家庭，少时孤贫，以放羊为生。但是，张华好学不倦，非常注重修身养性，他详览过大量图卦谶纬方技之类的书籍。张华对自己要求颇高，言谈举止一定要合乎礼度。同郡人刘放非常欣赏张华的才能，于是便把自己的女儿嫁给了他，可除了同乡，并没有多少人认识张华，直到他的作品《鹪鹩赋》问世，人们才通过他对鸟禽的褒贬解读及他的政治观点认识了他。这篇文章被当时的名士阮籍看到，阮籍惊叹道："这个人有王佐之才啊！"从此，张华声名鹊起。后来，有人把他推荐给司马昭，司马昭任其为河南尹丞。殊不知，履新途中张华便被擢升为佐著作郎。后来，张华又先后担任长史、中书郎等职。晋武帝司马懿当上皇帝后，张华拜官黄门侍郎，封爵关内侯，数年后，张华又拜为中书令，最高官至司空一职，所以人称"张司空"。赵王司马伦等率众谋反，张华因拒绝参加被杀，时年69岁。死的时候，其家无余财，却留下了无数文史类的书籍，时人惊叹不已。

张华最负盛名的著作，无疑是地理博物志体志怪小说集《博物志》。《晋书》《隋书》等把这本书列入了杂家类，新旧《唐书》等把它列入小说家类，《宋史》又将其重新归入杂家类，而清朝编纂《四库全书总目》时，又将其放到了小说家之列。可见，自该书问世以来，大家对这本书的归类出现了分歧。这是因为《博物志》的内容非常庞杂，用常规的分类标准很难做出一个让众人都能接受的界定。总的来讲，称《博物志》是一本地理博物类志怪小说，还是有说服力的。

《博物志》一书内容庞杂，次第紊乱，甚至还会出现一些讹误。张华在编纂时引书众多，远远不是儒、道、墨、名家著作所能涵盖的。关于这本书的说法还有很多，但有一个观点是大家公认的：那就是我们现在看到的《博物志》已经不是张华所写的原本了。可能是在成书之后的传播中，一些内容散佚了，又有后人穿凿附会或扩充、修订等，正如张华在小序中所说："余视《山海经》及《禹贡》《尔雅》《说文》、地志，虽曰悉备，各有所不载者，作略说。"可见，作者的初心恰在博取而广记。本书收录和译注的《博物志》前四卷内容便体现出博大之美。纵观这四卷内容，主要记录的内容有地理、动物和植物等，包含考实类、神话类、谶纬类等地理文献，包含山水、五方人民、物产、异域、异人、异兽、异鸟、异虫、异鱼、异草木、物理、物性、药论、食忌、戏术等丰富多彩的异域风情，展现了博采众长的人文及自然景观。在这些内容中，涉及了大量的地理知识和风物介绍，甚至不乏志怪故事。

关于《博物志》的成书过程，一直众说纷纭。有一种说法是晋武帝命张华删书为十卷。这种说法的理论依据在于，最初张华撰写四百卷上呈给晋武帝，帝诏诘问："卿才综万代，博识无伦，远冠羲皇，近次夫子。然记事采言，亦多浮妄，宜更删剪，无以冗长成文。昔仲尼删《诗》《书》，不及鬼神幽昧之事，以言怪力乱神。今卿《博物志》，惊所未闻，异所未见，将恐惑乱于后生，繁芜于耳目，可更芟截浮疑，分为十卷。"（《拾遗记》）还有一种说法认为，《博物志》非张华所著，而是后人整理而成。秉持这种观点的人认为，这十卷本中存有大量直接选用古籍的内容，其中还出现了一些讹误，不会是学业优博的张华所写。至少对于张华来说，完全可以呈现更好的《博物志》。当然，关于书中的一些讹误，实际上也可能是在传播过程中造成的。

关于《博物志》的版本，主要有两种系统。一种是明以来的通行本，也就是明贺志同刻本系统，分三十九目，《古今逸史》《快阁丛书》《稗海》《百子全书》《秘书二十一种》《四库全书》等都属于此类，该版本系统分类辑录，目录清晰；另一种是清黄丕烈重刻连江叶氏本系统。《指海》《四部备要》《龙溪精舍丛书》《丛书集成》均采用这个版本。这一系统没有分门别类，而是依照引书次序编撰材料。两个系统，虽然内容条目完全不同，但只是内容次序不同。可见，这两个系统最初参见的版本是相通的。后来通行的版本，应该都是后人整理过的。

张华在撰写《博物志》时，明显受到了《山海经》《淮南子》《太平寰宇记》等著作的深刻影响。比如精卫填海、女娲补天等神话，还有白民国、三苗国、大人国等异域传说，作家往往直接取材于前人的相关著作。但是，张华并没有完全拘泥于前人的成果，而是在继承的基础上有所创新。他不仅如实记载了那些山川、动植物、异域异俗的资料和范围，还记载了很多生动的神话与故事传说。如卷三“猕猴盗妇人”中，作者形象生动地刻画了狡黠和凶狠的猕猴形象；再如卷三“猛兽”中，张华讲述了汉武帝时期一个大如狗的猛兽，他对老虎臣服于此兽的描写惟妙惟肖，细腻传神。类似的传闻故事还有很多，它们都具有小说的完整结构，极大地提升了《博物志》的艺术价值。

本书的译注目的需要在这里阐明一下。关于《博物志》的系统，本人上面已经有所解释。而关于《博物志》的版本已经出现了很多，其中不乏一些获得了广大读者认可的优秀版本。以往的版本，往往是基于《博物志》全书进行的译注，出发点是尽可能通过详尽的资料和证据来呈现《博物志》的翔实内容，向大家推介《博物志》这本书。之所以仍然花费大量精力投入到《博物志》的译注工作，是因为我们的出发点和目的发生了些微变化。《博物志》不仅是一本好看的地理博物类志怪小说集，还是一本优秀的旅游知识读本。书中记载的地理、动植物等内容，都与古城、名山大川、风土人情紧密相连。时光荏苒，这些古城、名山大川等大多还至今保留，甚至成为当地的著名景点，常年吸引着天南地北的外来游客。与此同时，随着现代社会的迅猛发展，《博物志》《山海经》《搜神记》等相关古籍进入大众的视野，得到迅速传播和普及，书中的地理知识和神话传说也成了广大读者喜闻乐见的话题。所以，我们从一个旅行者的角度切入，选取前四卷内容，同时配以精美的图示，为广大旅游爱好者提供一本翔实而有趣的《博物志》旅游知识读本。比如“五岳”“四渎”等，本书提供了详细的地理、历史文化介绍，浏览阅读之后，不仅知道它们的由来，还知道它们身上所蕴含的独特内涵。

关于本书的译注，需要说明如下几个问题：第一，本书主要选取了《博物志》前四卷内容，舍弃了后六卷内容。前四卷内容主要集中记录地理、人文、动植物、物理等，具有丰富的知识性和趣味性，内容也更加贴近当下读者。后六卷涉及药性、方术、杂考等等，更多属于专业知识，较为晦涩难懂，故而舍弃。第二，本书选取的正文，多参考范宁《博物志校正》。因为这个版本非常翔实，引证具体，有理有据。基于范本，我们对正文进行了一些修正和删补，同时为了增加可读性，减少了一些校正的过程。第三，译文更加通俗化。基于这是一本地理博物类小说集，即便选取前三卷的内容，仍有不少晦涩难懂的地方。无论一些传说，还是一些地名，往往无法准确地解释，再加上一些文字的缺失，导致本书译注难度加大。因此，让译文更加通俗易懂，就成了一项重要的工作。为了达到通俗易懂的效果，就需要合理增加一些修饰性的词语。上述这些，希望读者了解。

最后，忐忑之情溢于言表。由于笔者才疏学浅，加上视野所限，不少错漏或者疏忽之处，还望读者朋友予以指正。拜谢！

目录

卷一

导 读

本卷是《博物志》全书中所占篇幅最长的一卷，共分七节。记录了国家疆域界限、山水、五方人民和物产，所涉内容甚广。

在《地理略》之前，作者写了一个小序，介绍了撰写《博物志》的缘由。《地理略》的结尾处还有一篇相对独立的赞语。三部分共同组成了一个体系，非常完整。除此之外，其他六节，都各自归属一类，明了清晰。

《地理略》详细地介绍了周王室和下属诸侯国的方位与地理特征。内容虽然以自然地理为主，但也包含了经济、人文方面的内容。比如“尧舜土万里，时七千里，亦无常，随德劣优也”，通过最后的结语，传达出了作者的劝诫之情：天然屏障固然“险阻”，但君王只有居安思危、提高德行，方能长治久安。

《地》篇主要侧重于相关地形、地貌的介绍。关于《地》的描写，具有浓厚的传奇色彩，其中一些神话传说流传至今，比如“女娲补天”“共工头触不周山”。其中有一段关于“地有四游”的文字，非常奇妙。读者可以结合“地球绕太阳公转”的地理知识来理解“地有四游”的深刻内涵。可见，古人的智慧神奇而无穷。

《山》篇以“五岳”开篇，足见“五岳”的分量。在中国上下五千年的历史长河中，“五岳”承载了中华民族太多的情感寄托。而关于“五岳”的说法，随着历史的变迁，也悄然发生着变化。比如五岳之中古北岳恒山，即今天河北省保定市的大茂山，从春秋战国到明代中期一直位于河北省境内，直到明末清初时才被定为山西浑源天峰岭（玄武山）。

《水》篇主要谈湖泊、江河的地理位置和相关的历史故事。作者语言平实，却充满了诡谲的意味，散发着志怪小说的气息。由此可见，张华是把这些都当成小说主人公来写的。

《山水总论》篇把自然界的灾异和社会动荡与国家兴亡联系在一起，用“大乱之征”警示世人。

《五方人民》篇介绍了各个地域的人，侧重描写水土和气候等对人之性格、职业、疾病、饮食起居等方面的影响，其中包含着众多朴素的道理。

《物产》篇介绍了名山大川和各种仙境中产生的神奇之物，比如灵芝、玉膏、不死树、神马、灵龟等，它们都透露出谶纬神学的色彩，这与魏晋时期“天人感应”观念的盛行有很密切的关系。

余视《山海经》[①]及《禹贡》[②]《尔雅》[③]《说文》[④]、地志[⑤]，虽曰悉备，各有所不载者，作略说。出所不见，粗言远方，陈山川位象[⑥]，吉凶有征[⑦]。诸国境界，犬牙相入。春秋之后，并相侵伐。其土地不可具详，其山川地泽，略而言之，正国十二[⑧]。博物之士，览而鉴焉[⑨]。

张华像　佚名

西晋学者挚虞评价其为："其忠良之谋，款诚之言，信于幽冥，没而后彰，与苟且随时者不可同世而论也。"

【注释】

① 《山海经》：古代地理著作，相传为夏禹时所作。《山海经》涵盖上古地理、神话、天文、历史、动物、植物、医学、人类学、民族学以及海洋学和科技史等方面内容，是一部上古社会生活的百科全书。此书约成书于战国时期至汉代初期，与《易经》《黄帝内经》并称为"上古

三大奇书”。

② 《禹贡》:《尚书》中的一篇。文中将全国分为九州，并囊括了九州山川、地形、土壤、物产等情况，是我国最早的地理学著作。

③ 《尔雅》:开创中国辞书先河，十三经之列，“尔雅”意为以官语成书，最早收录于《汉书·艺文志》，约为秦汉人所编，分为《释地》《释丘》等十九篇。

④ 《说文》:《说文解字》的简称，是由东汉文字学家许慎编著的，中国最早的系统分析汉字字形和考究字源的辞书，亦在世界最早的工具书之列，全书按部首编排。

⑤ 地志:《地理志》的简称，班固在《汉书》中初创《地理志》，后世史书皆沿袭之。它旨在记载朝代县级以上行政区划的建制，以及其境内山川、城邑、关隘等内容。

⑥ 山川位象:取《易经》每卦六爻，每爻各有其象、其位。这里指山河方位、风貌等。

⑦ 吉凶有征:吉凶的征兆。

⑧ 正国十二:指秦、蜀汉、魏、赵、燕、齐、鲁、宋、楚、南越之国、东越、卫十二个国家。

⑨ 览而鉴焉:鉴，镜子，引申为明察。此语意为通过阅读相关内容而达到鉴今之目的。

【译文】

我看《山海经》和《禹贡》《尔雅》《说文解字》以及其他地理志书，虽说其较为翔实，但是很遗憾，它们各有遗漏之处，因而我编纂《地理略》。我把相关书籍中未见于记载的内容补充出来，粗略地介绍远方的地理概况，描述山河的方位状貌和它们所显示出的吉凶征兆。各国的交界线非常曲折，像犬牙一样互相交错。尤其春秋之后，国与国之间互相侵略攻伐。因此，各国的领土情况不能详细地知晓，那里山脉、河流、土地、湖泽的情况，只能简略说说，这里主要分十二个国家来介绍。博识多闻的人，读了此文请明察这些情况。

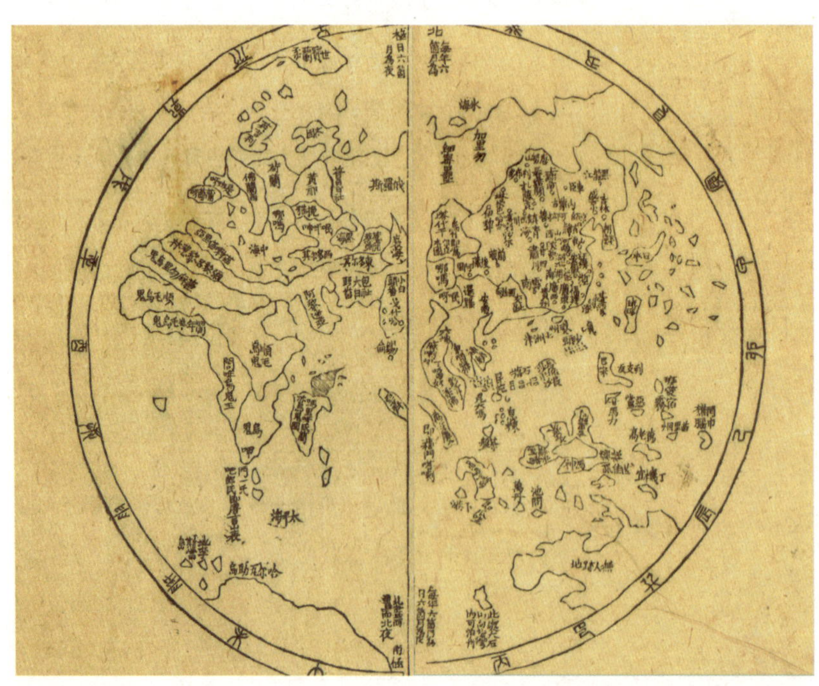

世界地图

选自《清内府舆地图》册　（清）六严　绘　（清）翁同龢　题

地理略，自魏氏目已前，夏禹治四方而制之。[①]《河图括地象》[②]曰：地南北三亿三万五千五百里。地部之位[③]起形高大者有昆仑山，广万里，高万一千里，神物之所生，圣人、仙人之所集也。出五色云气，五色流水，其白水东南流入中国[④]，名曰河也[⑤]。其山中应于天[⑥]，最居中，八十城布绕之[⑦]，中国东南隅，居其一分，是好城[⑧]也。

【注释】

① “地理略”此句为本篇标题。三国时魏秘书郎郑默整理宫内的经籍，定名《中经》，地理略是《中经》的目录分类之一，所以称为“魏氏目”。夏禹，指的是大禹，大禹因治水功劳大，成为舜的接班人。制，裁断，引申为划分的意思。此句的意思是：地理略，魏氏命名《中经》以前，夏禹治理天下的时候，就把天下分为九州了。

② 《河图括地象》：汉代纬书的一种，属经学神化之作。纬书，是指汉代相对于儒家的“经书”而言的一类书，汉代的纬书也称“谶纬”“纬候”“图纬”等。

③ 地部之位：该词解释有争议。王媛《〈博物志校证〉补正》据《初学记》改为“地祇”，意为地神。昆仑即大地的中心，众神所在之地。所以，此处“地部之位”，改为“地祇之位”更为合理。

④ 其白水东南流入中国：其中白水向东南流入中原地区。白水，源于昆仑山，饮之可长生不老。中国，指中原地区。

⑤ 名曰河也：名叫黄河。河，指黄河。

⑥ 其山中应于天：昆仑山与天的正中相对应。

⑦ 八十城布绕之：有八十座城环绕着它分布。

⑧ 好城：指美好的地方，另有版本为“奸城”。

【译文】

地理略，从“魏氏目”编定之前，夏禹治理天下的时候，就已经根据地理方向把天下划分成九州了。《河图括地象》记载：“地域南北相距三亿三万五千五百里。在地神所在的位置上，有高耸巍峨的昆仑山，绵延万里，高达一万一千里，是神异物类生长与栖息之处，也是圣人、仙人云集圣地。山中飘着五色的云气，流淌着五色的流水。其中，白水向东南流入中原地区，名叫黄河。昆仑山位于地之中央，且与天正对，有八十个州城分布环绕山之周围。中原地区地处昆仑山东南，也是华夏九州之一，且为一方宝地。”

《中国地形图》收藏于北京故宫博物院

“地理”一词，最早见于《易经·系辞》：“仰以观于天文，俯以察于地理，是故知幽明之故，原始反终，故知死生之说。”我国地理学有着悠久的历史，先贤更是留下诸多著述，古地理学是研究地质时期自然环境的形成和发展演变的学科。

中国之城，左滨海①，右通流沙，方而言之②，万五千里。东至蓬莱③，西至陇右④，后跨京北⑤，前及衡岳。尧舜土万里，时七千里⑥，亦无常，随德劣优也⑦。

【注释】

① 左滨海，右通流沙：因古建常坐北朝南，故古人以西为右，以东为左。滨海，指大海。流沙，指我国西北沙漠之地。

② 方而言之：用周长来讲。方，古称天圆地方，意为地域周长。

③ 蓬莱：也称蓬莱山、蓬壶、蓬丘，乃中国先秦神话中东海外之仙境，被一片黑色冥海所围。

④ 陇右：又称陇西，泛指陇山以西。古代以西为右，故得此名，其范围大致相当于今甘肃省陇山、六盘山以西，黄河以东一带。

⑤ 后跨京北：另有“右跨京北”的版本。因前文已有“右通流沙”，加上后文“前及衡岳”，故此处“后跨京北”字面更顺。“京北”，亦有“蓟北地区”“荆山地区”及“恒山北部”等多种说法。

⑥ 时七千里：意为“汤时七千里”。据《太平御览》卷三十六引《博物志》：“此是尧舜土及万里，汤时七千里，此后亦无常，随德优劣也。”

⑦ 随德劣优也：随着德行的优劣而变化。

【译文】

中国之疆域东靠大海，西至沙漠。以周长来算，长度有一万五千里。东接蓬莱山，西达陇山，后跨荆山以北，南至南岳衡山。尧舜时，中国地域方圆万里，到商汤时期变成七千里。这种情况以后也没什么定数，总是伴随君主的德行优劣而变化。

《中国地图》屏风　（清）佚名

尧别九州[①]，舜为十二[②]。

【注释】

① 尧别九州：别，分解、分开。据《尚书·禹贡》记载，据说尧时境内常洪水泛滥，禹治水后，便把天下分为九州，即冀州、兖州、青州、徐州、扬州、荆州、豫州、梁州、雍州。

② 舜为十二：据《尚书·舜典》记载，舜从冀州分出幽州和并州，从青州分出营州，故成十二州。

【译文】

尧把天下分成九州，舜又将其划为十二州。

《帝尧立像》轴
（宋）马麟 收藏于中国台北故宫博物院

尧，中国上古时期方国联盟首领、“五帝”之一。《史记》有云，尧帝“其仁如天，其知如神。就之如日，望之如云”，“能明驯德，以亲九族”。

《舜耕历山》
佚名　收藏于中国美术馆

舜，中国上古时代父系氏族社会后期部落联盟首领，被后世尊为五帝之一。据传舜在年轻时因为孝顺闻名天下，被尧立为继承人。舜在位期间任命禹治水，完成了尧未竟的事业，最后去世于南巡途中的苍梧之野。

秦，前有蓝田之镇[①]，后有胡苑之塞[②]，左崤函[③]，右陇蜀[④]，西通流沙，险阻之国[⑤]也。

【注释】

① 蓝田之镇：蓝田，今陕西省蓝田县东南，位于关中平原东南部，东南以秦岭为界。该地是关中平原通往南阳盆地的要塞，有“峣关要塞”之称。此处可翻译成“蓝田这样的险要之地”。

② 胡苑之塞：这里指秦国北部胡人之地，即胡人放牧的苑囿。塞，边界险要之地。

③ 崤函：崤山和函谷关的合称。崤山，因所处地古称崤县而得名，又称嵚崟山、肴山，位于今河南省三门峡市境内，是中国古代军事重地。函谷关，今河南省三门峡市灵宝市函谷关镇，西靠高原，东临绝涧，南接秦岭，北至黄河。函谷关地处“两京古道”，恰似关在谷中，深险如函，故称“函谷关”。函谷关乃我国建置最早的雄关要塞。汉武帝时，函谷关移至今新安东，故称新函谷关（曹魏时期又被废），朝廷在原函谷关置弘农县。“崤函”以地势险峻和易守难攻闻名，为“九塞”之一。

④ 陇蜀：陇，甘肃省一带；蜀，四川省一带。陇，这里指地域，与前文“陇右”的“陇山”不同。

⑤ 险阻之国：地形险要的国家。

【译文】

秦国南边有蓝田关险要之地，北边有连接胡人区域的边塞，东边乃险峻的嵴山和函谷关，西边至甘肃和四川一带，通向沙漠地区，这是一个地形险要的国家。

秦三十六郡并越四郡
选自《唐土历代州郡沿革图》 [日]长赤水

蜀汉之土与秦同域[①]，南跨邛笮[②]，北阻褒斜[③]，西即隈碍[④]，隔以剑阁[⑤]，穷险极峻[⑥]，独守之国也。

【注释】

① 蜀汉之土与秦同域：秦惠王时，秦取楚国汉中，灭巴蜀，随之置巴郡、蜀郡、汉中郡、陇西郡，故有“同域”之说。

② 南跨邛笮（qióng zuó）：邛笮，汉时西南邛都和笮都民族部落合称。该地相当于今四川省西昌市和汉源县一带，后泛指西南边陲。

③ 褒斜：指褒斜道，褒斜道南起褒谷口（今陕西省汉中市大钟寺），北至斜谷口（今陕西省眉县斜峪关口），贯穿褒斜二谷，此为旧称，也称斜谷路，古代多由此穿越秦岭，是古代巴蜀连通秦川的主干道。在中国历史上，褒斜道开凿早、规模大、沿用时间长，它始建于战国范雎担任秦国丞相时，终“使天下皆畏秦”。褒斜栈道也一直是南北兵争军行的必经要道。

④ 隈（wēi）碍：大概指某处地名，暂不可考。另指深曲险阻之天然屏障。

⑤ 剑阁：古蜀地北部重要关隘，因为剑山峭壁间的栈（古称阁）道而得名，也称剑门蜀道，位于今四川省剑阁县东北。后来，剑阁还泛指由陕西省汉中市、宁强县经四川剑阁至成都的通道。李白有诗云：“剑阁峥嵘而崔嵬，一夫当关，万夫莫开。”

⑥ 穷险极峻：穷、极，都有极其、非常之意。这里指极其险峻之意。

【译文】

蜀汉的土地与秦国属于同一片区域，向南跨越邛都、笮都两个民族部落，向北有褒斜道阻隔，向西有险阻的天然屏障，加之剑阁把它与外界隔绝开来，险峻至极，是个适合防守的国家。

《蜀山栈道图》▶
（五代梁）关仝　收藏于中国台北故宫博物院

奇险的蜀地，一直以来都是文人墨客的表现对象，其中最有名的莫过于李白的《蜀道难》："剑阁峥嵘而崔嵬，一夫当关，万夫莫开。所守或匪亲，化为狼与豺。朝避猛虎，夕避长蛇；磨牙吮血，杀人如麻。锦城虽云乐，不如早还家。蜀道之难，难于上青天，侧身西望长咨嗟！"

周在中枢[①]，西阻崤谷[②]，东望荆山，南面少室[③]，北有太岳。三河[④]之分，雷风[⑤]所起，四险之国也。

【注释】

① 中枢：中心枢纽。

② 崤谷：崤山、函谷关合称。

③ 少室：指少室山，也称“季室山”“九顶莲花山”或“御寨山”，是嵩山的西峰，东面与太室山相对。

④ 三河：指河东、河内、河南的合称。《史记·货殖列传》载：“昔唐人都河东，殷人都河内，周人都河南。夫三河在天下之中，若鼎足，王者所更居也。”河内因其位于黄河凹处北岸以东，在殷商王畿之内得名。河内与河南、河东相对，故统称为“三河”。“三河”位于夏商周王朝腹地，因而也是“中原”的代名词。河内、河南以黄河为界，河内、河东以太行为界。

⑤ 雷风：借指政治上发生了急剧变化。

【译文】

周政权位于各国中心枢纽，西有崤山、函谷关为屏障，东朝荆山，南面是少室山，北靠太岳山。它处在河东、河内、河南三地的交界处，是一个要塞之国，也多为风云变幻源起之地，此地四面皆为险要之地。

老子过函谷关
选自《群仙图》册 （清）佚名 收藏于中国台北故宫博物院

《史记·老子韩非列传》里记载："老子修道德，其学以自隐无名为务。居周久之，见周之衰，乃遂去。至关，关令尹喜曰：'子将隐矣，强为我著书。'于是老子乃著书上下篇，言道德之意五千余言而去，莫知其所终。"所记之关，即函谷关。

魏，前枕黄河[①]，背漳水[②]，瞻王屋[③]，望梁山[④]，有蓝田[⑤]之宝，浮池[⑥]之渊。

【注释】

① 前枕黄河：南面枕靠黄河。黄河发源巴颜喀拉山北麓约古宗列盆地，自西向东流，终入渤海。该流域降水量小，以旱地农业为主。黄河中上游以山地为主，中下游以平原、丘陵为主。它流经中国黄土高原，因而夹带了大量的泥沙，故也是世界上含沙量最大的河。

② 漳水：即漳河，古今河道大有变化，发源于山西省东南部，于山西省东南部与河北省南部汇合，下行干道大致沿河南河北两省边界流动，有清漳河和浊漳河之分。

③ 王屋：指王屋山，济水之源，中条山余脉，在今山西省垣曲县与河南省济源市之间。

④ 梁山：指吕梁山，今位于山西省西部，黄河、汾河之间。

⑤ 蓝田：在今陕西省渭河平原，古代蓝田盛产美玉。

⑥ 浮池：应该是湖泊的名字，具体位置不详。

【译文】

魏国，南面枕靠黄河，北边倚靠漳水（河），远处能望见王屋山和吕梁山，这里拥有着盛产美玉的蓝田，也有名叫浮池的湖泊。

赵，东临九州[①]，西瞻恒岳[②]，有沃瀑之流，飞狐、井陉[③]之险，至于颍阳、涿鹿[④]之野。

【注释】

① 九州：赵国东部并没有九州这样的地名，这里应该是九门的代称。九门，乃战国赵之城镇，在今河北省石家庄市藁城区。

② 恒岳：指的是五岳之北岳恒山。从春秋战国到明代中期，恒山一直指今河北省保定市境内的大茂山；明末清初，恒山才被定为山西浑源天峰岭（玄武山）。古籍所称恒山，多指曲阳恒山（后因行政区域发生变更，位于阜平县、唐县、涞源三县交界处），曲阳恒山后来改称“大茂山”，或者称“神尖山”，附近的人称它为“神仙山”。广义的恒山，是指恒山山脉，是山西省大同市东南部、河北省张家口市南部，桑干河、滹沱河之间一系列山峰的总称，大致呈西南—东北走向。恒山山脉，横亘于山西北部高原与冀中平原间，凭其特殊位置，历来都是兵家必争之地。其河谷处的倒马关、紫荆关、平型关、雁门关、宁武关，都是险要关隘，也是塞外高原通向太原盆地、冀中平原的必经之地。

③ 飞狐、井陉：飞狐，指飞狐峪，关隘名，今河北省蔚县南，是河北平原北方边郡间的咽喉要地。井陉，指井陉关，今河北省井陉县有井陉山，井陉县西面太行山“井陉”之口，即此关；因其地势四面高平，中部低，形状如井故称为“井陉”，它是太行山内一条隘道，是山区进入华北平原的重要隘口。

④ 颍阳、涿鹿：颍阳，是地名，故城在今河南省许昌县西南。涿鹿，指涿鹿山，在今河北省涿鹿县东南。

【译文】

赵国，东边远到九门，西边远望恒山，域内有倾泻而下的瀑布，有飞狐峪、井陉关这样的险要隘口，赵国疆域延伸可达颍阳、涿鹿附近的旷野。

《太行山色图》卷（局部）
（清）王翚　收藏于美国纽约大都会艺术博物馆

太行山色之瑰丽离奇，道路之险峻自古以来都是文人墨客歌咏的对象。东汉末年，曹操带兵行经太行陉，见古道艰险，于是作《苦寒行》诗曰：“北上太行山，艰哉何巍巍！羊肠坂诘屈，车轮为之摧。”唐代大诗人白居易亦有诗云：“太行之路能摧车。”明代王世贞《适晋记行》更是极言其道路难行：“车行太行道，如浮沧海、帆长江，身居危险之境。”

燕，却背[1]沙漠，进临易水[2]，西至君都[3]，东至于辽[4]，长蛇[5]带塞，险陆相乘也。

【注释】

① 却背：向北背靠。

② 易水：易水源于河北易县西部山区，那里河溪纵横，白杨绿地。“风萧萧兮易水寒”这句诗就是描写荆轲刺秦前与太子丹在易水分别时的情景。

③ 君都：燕西并没有君都地名。因“君”“军”在古代通用，故应是“军都”。据《汉书·地理志》记载，燕地西部有上谷郡，上谷郡有君都。上谷郡始建于战国燕昭王时期，郡治在今河北省张家口市怀来县小南辛堡镇大古城村北沮阳遗址，因其建在大山谷上而得名。上谷郡是燕国北长城之起点。

④ 辽：指的是辽河。战国时，燕国在辽河的东西分别设置辽东郡和辽西郡。

⑤ 长蛇：指燕国南北边境的长城。

【译文】

燕国，向北背靠沙漠，向南临近易水，西面到军都，东面到辽河。燕国把像长蛇一样的长城作为其边防要塞，崎岖不平的险地可谓一个挨一个。

齐，南有长城、巨防、阳关[①]之险；北有河、济[②]，足以为固。越海而东，通于九夷[③]。西界岱岳、配林[④]之险，坂固[⑤]之国也。

【注释】

① 巨防、阳关：巨防，古地名，今山东省平阴附近；阳关，古邑名，今山东省泰安市南汶水东岸，原属鲁国，后被齐国吞并。但此阳关非彼阳关，与唐诗中的“阳关”不同，唐诗常提的“阳关”，位于甘肃省敦煌市西南的古董滩附近。西汉置关，因其在玉门关之南，故以“阳”为名。该阳关可谓中国古代陆路咽喉之地，是南丝绸之路必经关隘。阳关和玉门关同为当时对西域交通的门户。

② 河，指黄河。济，指济水。济水，古与长江、淮河、黄河并称“四渎”。济水，源于今河南省济源，其故道过黄河而南，东流至山东，与黄河并行，流入渤海。

③ 九夷：古代东方的九种民族的统称。

④ 岱岳、配林：岱岳，指泰山。配林，是山名，在泰山西南，是古代诸侯祭祀之山。

⑤ 坂固：险要而稳固。

【译文】

齐国，南边有长城、巨防和阳关等要塞之地，北边有黄河、济水作为其稳固的边防。齐地跨东海向东，与九种民族接壤相融。西边是高峻的泰山和配林山，这真可谓是一个险要而又稳固的国家。

《黄河万里图》卷
（清）佚名　收藏于美国纽约大都会艺术博物馆

李白《公无渡河》有云："黄河西来决昆仑，咆哮万里触龙门。波滔天，尧咨嗟。大禹理百川，儿啼不窥家。杀湍湮洪水，九州始蚕麻。其害乃去，茫然风沙。被发之叟狂而痴，清晨临流欲奚为。旁人不惜妻止之，公无渡河苦渡之。虎可搏，河难凭，公果溺死流海湄。"诗中的黄河狂暴肆虐，颇具象征意味。

鲁，前有淮水[①]，后有岱岳、蒙、羽[②]之向，洙、泗之流[③]。大野广土，曲阜尼丘[④]。

【注释】

① 淮水：今称淮河，是我国七大江河之一，是我国南北方分界线，发源于河南省桐柏山，流经鄂豫皖苏四省。宋朝杨万里《初入淮河‘其一’》有云：“船离洪泽岸头沙，人到淮河意不佳。何必桑乾方是远，中流以北即天涯！”

② 岱岳、蒙、羽：岱岳，即泰山；蒙，蒙山，今山东省蒙阴县南四十里处，也就是蒙阴山，蜿蜒达百余里；羽，羽山，在今山东省郯城县东北。

③ 洙、泗之流：流经洙水、泗水两条河流。在古代，这两条河流自今山东泗水县北汇流至曲阜北部，重新分流，洙水向北，泗水奔南而流。

④ 曲阜尼丘：在曲阜有一座尼丘山。

【译文】

鲁国，南面有淮河，北接泰山，面对蒙山和羽山，还有洙水、泗水穿流而过。这片土地可谓广袤无垠，在曲阜有一座名山尼丘山。

黄淮交流
选自《乾隆南巡图》　（清）徐扬　收藏于美国纽约大都会艺术博物馆

宋，北有泗水[①]，南迄睢、涡[②]，有孟诸[③]之泽、砀山[④]之塞也。

【注释】

① 泗水：河流名字。

② 睢（suī）、涡（guō）：睢，曾流入泪水，但如今仅有一支流入惠济河，其余支流已湮塞；涡，即涡河，淮河支流，源于河南省通许县，向东南入安徽省，在怀远入淮河。

③ 孟诸：古大泽名，位于今河南省商丘市东北、虞城县西北一带。

④ 砀山：今豫、皖交界处、河南省永城市东北的芒砀山。

【译文】

宋国，北边有泗水，南边至睢水和涡水，域内有名为孟诸的沼泽，还有砀山要塞。

楚，后背方城[①]，前及衡岳[②]，左则彭蠡[③]，右则九疑[④]，有江、汉[⑤]之流，实险阻之国也。

【注释】

① 方城：指方城山，位于今河南省叶县南、方城县东北。

春秋楚国所修筑的长城，也有“方城”之名，楚国凭此拱卫北部边境。

② 衡岳：即衡山，主体位于湖南省衡阳市南岳区、衡山县和衡阳县东部。《甘石星经》记载，因其位于二十八宿的轸星之翼，“变应玑衡”，“铨德钧物”，犹如衡器，可称天地，故名衡山。衡山是唐尧、虞舜巡疆狩猎、祭祀社稷，夏禹杀马祭天地之求法圣地。

③ 彭蠡：古泽薮名，即今鄱阳湖。其古称彭蠡泽、彭泽、官亭湖、扬澜、担石湖，位于江西省九江、南昌、上饶三市，是中国第一大淡水湖，也是中国第二大湖。鄱阳湖承纳赣江、抚河、博阳河、漳田河、潼津河等调蓄水后，在湖口入长江。

④ 九疑：即九嶷山，又称苍梧山，今湖南宁远境内，得名于舜帝“南巡”传说。它是中国名山之一，素以古迹丰富、风光独特、溶洞奇异及别具风情著称。

⑤ 江、汉：长江和汉水合称。汉水，也叫汉江，是长江中最长的支流，源于陕西省内，流经湖北省西北部，于武汉汇入长江。

【译文】

楚国，北靠方城山，南延至衡山，东有鄱阳湖，西面有九嶷山。长江和汉水穿境而过，这实在是一个地势险要之国。

《楚江图》（局部）
（清）佚名　收藏于美国弗利尔美术馆

楚地多水、多山，其语言、音乐、习俗等也与中原地带不同。楚地孕育出了我国伟大的浪漫主义文学作品《楚辞》，其表达方式热情、张扬而浪漫，字里行间充满瑰丽的想象、炽烈的情感和浓厚的楚地风情。

南越[①]之国，与楚为邻。五岭[②]已前至于南海[③]，负海之邦。交趾[④]之土，谓之南裔[⑤]。

【注释】

① 南越：岭南地区包括壮族、畲族等百越少数民族及疍家形成的古时国家。

② 五岭：也作“五领”，即大庾岭、越城岭、骑田岭、萌渚岭和都庞岭，位于湘、赣、粤、桂等省区边境。

③ 南海：即南中国海，北部接粤、桂、闽、台四省区。

④ 交趾：古地区名，通常是指五岭以南与今越南北部一带。

⑤ 裔：本义是衣服边缘，延伸为边远之地。

【译文】

南越这个国家，与楚国毗邻。它的国土从五岭向南一直延伸到南海，国土背靠辽阔的大海，跨越了交趾地区，人们称其为“南裔”。

吴，左洞庭[①]，右彭蠡，后滨长江，南至豫章[②]，水戒[③]险阻之国也。

【注释】

① 洞庭：即洞庭湖，位于长江中游、荆江南岸，今湖南境内长江段右岸。古称云梦、九江和重湖。洞庭湖之名，始于春秋战国，因湖中有洞庭山（今名君山）而得名。洞庭湖北纳长江之松滋、太平、藕池、调弦等四方来水，南和西接湘、资、沅、澧四水和汨罗江等支流，最后于岳阳市城陵矶入长江。

② 豫章：古郡名，当时的治所在今江西省南昌市。

③ 水戒：有学者怀疑这是“界”字的误写，意思是以水为界。

【译文】

吴国，东边是洞庭湖，西边是彭蠡湖，北边临近长江，而南边直延至豫章郡。吴国可谓一个以水为界且地形非常险要之国。

《春雷起蛰龙》
（清）袁江　收藏于中国美术馆

《春雷起蛰龙》：此图笔触细腻地描绘了春雷隆隆，风雨欲来的江南水乡景色。图中桃红柳绿，江上水波不兴，充满动感的画面仿佛传递着遥远的雷声，楼台，巨石，塔影，江帆，细雨，微风与浩瀚无垠的江水一道，描画吴地风情。

东越[①]通海，处南北尾间[②]之间。三江[③]流入南海，通东治[④]，山高海深，险绝之国也。

【注释】

① 东越：古民族名，越人一支，传言东越为越王勾践后裔。

② 尾间：据说为排泄海水之地。

③ 三江：《吴越春秋》以浙江、浦江、剡江（曹娥江）为三江。另有说法指古代河流的总称，“三”为虚指。

④ 东治：有学者认为应是“东冶”。东冶，即今福建省福州市。《史记·东越列传》载：“汉五年，复立无诸为闽越王，王闽中故地，都东冶。”

【译文】

东越国可通大海，处在南海与北海之交。这里的河流多入南海，其疆域延至东冶一带，这个国家山高海深，可谓地形险要之国。

《福建省海岸全图》
（清）佚名　收藏于日本国立国会图书馆

东越，秦汉时期的地方政权，归顺汉朝，后为汉朝所灭。《史记·东越列传》记载其“东越狭多阻，闽越悍，数反覆”，“徙其民处江淮间，东越地遂虚”。《史记·韩长孺传》中也有记载：“闽越、东越相攻。”又如《汉书·吴王濞传》：“东越兵可万余人。”

卫，南跨于河①，北得洪水②，南过汉上③，左通鲁泽④，右指黎山⑤。

【注释】

① 河：指黄河。

② 洪水：据考校，应是“淇水”，古黄河支流，在今河南省北部。

③ 汉上：据考校，应是“濮水”，因卫地有濮水而无汉水。濮水在今河南省北部，古有“桑间濮上”之说。

④ 鲁泽：据考校，应是“阿泽”，卫地有阿泽，并无“鲁泽”。阿泽是古泽名，在今山东省阳谷县东。

⑤ 黎山：古代山名，亦称黎阳山、大伾山，在今河南省浚县东南。

【译文】

卫国，南边跨越黄河，北边有淇水过境，南边穿过濮水之上，东边通到阿泽，西边直达黎山。

赞曰：

地理[①]广大，四海八方，遐远别域，略以难详。侯王设险，守固保疆，远遮川塞，近备城埠[②]。司察奸非，禁御不良[③]，勿恃危厄[④]，恣其淫荒。无德则败，有德则昌，安屋犹惧，乃可不亡。进用忠直，社稷永康，教民以孝，舜化以彰[⑤]。

【注释】

① 地理：疆域。

② 城埠：埠，同“隍”，护城河有水为“池”，无水叫“隍”，因而城埠意为护城河和壕沟。

③ 禁御不良：抵御不友好之敌。

④ 舜化以彰：让虞舜的教化得以弘扬。

【译文】

赞说：

中国疆域辽阔，广达四海八方，因此，对那些遥远的异域国家，只能简略介绍而难以详叙。那些王侯们设置的各种险阻要塞，无非就是为了保卫他们的国土边疆，远有山川要塞阻挡，近有护城河和壕沟来防备。严加监察奸邪人士，抵御不友好的敌人，君王统治者不要因为拥有险要的地形，就恣意放纵逸乐。君王失德，丧失民心就会失败；拥有君德，国家民众就会长久安生。因此，国家安居时，君王也要懂得思危，这样才能使国家不灭亡。选用那些忠良诤臣，社稷才能永葆安康，用孝道教育百姓，才能让虞舜的教化得以弘扬。

地

天地初不足，故女娲氏[①]练五色石以补其阙，断鳌足以立四极。其后共工氏与颛顼争帝，而怒触不周之山[②]，折天柱，绝地维。故天后[③]倾西北，日月星辰就焉；地不满[④]东南，故百川水注焉。

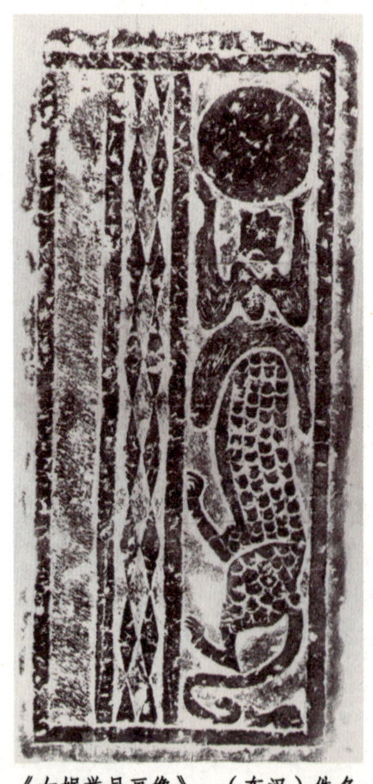

《女娲举月画像》 （东汉）佚名

【注释】

① 女娲氏：传说她是人头蛇身之神，曾用五色石补天，抟土造人，故称其为华夏民族始祖，佑育社稷之正神。

② 不周之山：指的是不周山，传说乃昆仑山西北之山。

③ 后：即后来之意，天本端平，自此后有了变化。《列子·汤问》中有类似说法：“故天倾西北，日月星辰就焉。”另《淮南子·天文训》中仍为“天倾西北，故日月星辰移焉”。

④ 不满：引申为“凹陷”。

【译文】

当初天地塌陷，所以女娲氏炼五色石来补天，还斩断大海中大龟的四只脚当柱子，遂把天顶住。后来，共工氏与颛顼争夺帝位，共工大怒触动了不周山，折断了天柱，随之把维系天地的绳子也弄断了。所以，天后来就向西北方倾斜了，日月星辰也随之向那里移动；地在东南方凹陷下去，于是很多河流的水就向东南方流入大海了。

康回冯怒，地何故以东南倾
选自《离骚图》（清）萧云从 绘 （清）门应兆 补绘 收藏于中国台北故宫博物院

共工，中国古代神话中的水神。在早期的文献中，共工是尧的臣子，后来转变为古帝王、部落首领，后又演变为神话中怒撞不周山、破坏天体秩序的天神。《淮南子·天文训》记载“共工怒触不周山”的故事：“昔者，共工与颛顼争为帝，怒而触不周之山，天柱折，地维绝。天倾西北，故日月星辰移焉；地不满东南，故水潦尘埃归焉。”

昆仑山北[①]，地转下三千六百里，有八玄[②]幽都[③]，方二十万里。地下有四柱，四柱广十万里。地有三千六百轴，犬牙相举[④]。

【注释】

① 昆仑山北：参考《太平御览》等，引作“昆仑之东北”。意思是昆仑山的东北。昆仑山，又称昆仑虚、昆仑丘或玉山、中国第一神山、万祖之山，是中国西部山系的主干。该山脉西起帕米尔高原东部，横贯新疆、西藏间，延至青海。

② 八玄：八，八方，这里是四方和四隅（角）之统称。玄，指黑色。

③ 幽都：指北方极远之地。

④ 举：“制”或“牵”，牵制的意思。

【译文】

在昆仑山东北部，地势趋缓的三千六百里处，有一个八方阴暗的地方叫幽都，方圆二十万里。在那里的地下有四根高耸之柱，每根柱子直径达十万里。其地下还有三千六百根轴，像犬牙一样相互交错，彼此牵制。

泰山[①]一曰天孙，言为天帝孙也。主[②]召人魂魄。东方[③]万物始成，知人生命之长短。

【注释】

① 泰山：“五岳之首”，又名岱山、岱宗、岱岳、东岳，春秋时改称“泰山”，有“天下第一山”之称。泰山贯穿山东中部，绵亘于泰安市、济南市、淄博市之间。泰山南与孔子故里曲阜相邻，北依泉城济南，凌驾于齐鲁平原之上，东临大海，西靠黄河。

② 主：主管。

③ 东方：按照《礼记·月令》解释，东方对应的是春季，而春季是万物复苏的季节。

【译文】

泰山还被称为天孙，传说它是天帝的孙子。泰山主管召唤人魂魄之事。东方是万物复苏的方位，因此泰山掌管人寿命的长短。

劉松山

《对松山图》
（清）李世倬　收藏于中国台北故宫博物院

关于泰山，杜甫曾有诗云："岱宗夫如何？齐鲁青未了。造化钟神秀，阴阳割昏晓。"泰山因其巍峨高大，被古人视为"直通帝座"的所在，所以有"泰山安，四海皆安"的说法，泰山也是百姓崇拜、帝王告祭的神山。自秦始皇起至清代，先后有13位帝王亲登泰山封禅或祭祀，遣官祭祀更是不计其数。

《考灵耀》[①]曰：地有四游[②]，冬至地上，北而西三万里，夏至地下，南而东三万里，春秋二分其中矣。地常动不止，譬如人在舟而坐，舟行而人不觉。七戎六蛮，九夷八狄[③]，形总而言之[④]，谓之四海。言皆近海，海之言晦昏无所睹也。

【注释】

① 《考灵耀》：指的是《尚书纬》中的一卷。纬书是在董仲舒天人感应哲学基础上演变而来的，是与经书配合的辅助经义的一类书。

② 四游：即向四面游动。据《十三经注疏·礼记·月令》题解孔颖达引汉郑玄注《尚书考灵耀》载："地有升降，星辰有四游。"结合"地球绕太阳公转"的地理知识，我们更容易理解"地有四游"之说。

③ 七戎六蛮，九夷八狄：相对中原华夏文明，古代中国对"西戎东夷，南蛮北狄"少数民族的泛称。

④ 形总而言之：即"总而言之"。

【译文】

《考灵耀》说：大地一直处在向四面升降漂移状态，冬至时大地向上运行，由北向西游动三万里，夏至时，大地会向下运行，由南向东漂移三万里，春、秋两个季节处在冬至和夏至之间。地面是经常运动的，就好像人在船里坐着，虽然船一直在水中前行，但是人却感觉不到船在动。

东、南、西、北各个民族的形貌和种类不一样，总而言之，统称他们为四海。这是说他们居住的地域都靠近大海，大海还包含着昏暗愚昧，缺乏见识的意思。

《海天出日》
（清）高其佩　收藏于中国台北故宫博物院

地以名山为之辅佐，石为之骨，川为之脉，草木为之毛，土为之肉。三尺以上为粪[①]，三尺以下为地[②]。

【注释】

① 粪：有学者认为这是“气”字的误写，故此处应为地气之意。据《太平经》载：“（入地）三尺者，属及地身，气为阴。”

② 地：阴气集聚的地心。

【译文】

土地把名山作为它的辅佐，石头作为它的骨，河流作为它的血脉，草木作为它的毛发，土壤作为它的肉。地表三尺以上称为地气，地表三尺以下是阴气聚积的地心。

《塞山云海》
（清）钱维城　收藏于中国台北故宫博物院

山

五岳：华[①]、岱[②]、恒[③]、衡[④]、嵩[⑤]。

【注释】

① 华：华山，雅称“太华山”，五岳之“西岳”，位于今陕西省华阴市，南连秦岭，北瞰黄渭，素有“奇险天下第一山”盛赞。中华之“华”，正是源于华山，因而华山也有“华夏之根”美誉。

② 岱：即岱宗，是对泰山的尊称，有“五岳之首”“天下第一山”之称。

③ 恒：恒山，如今的山西浑源北岳恒山，是明后期以来的定义，古恒山自春秋至明朝早期，一直是指河北曲阳和涞源之间的常山、大茂山。

④ 衡：即衡山，又名寿岳、南山，五岳之“南岳”。其绵亘于衡阳、湘潭两盆地间，主体部分位于衡阳市南岳区、衡山县和衡阳县东部。

⑤ 嵩：即嵩山，五岳之“中岳”，位于河南省登封市北。它西起洛阳龙门东，逐渐转向东北，延至新密以北，东、西绵亘近百千米。嵩山主脉是太室山和少室山，余脉自

西向东依次是万安山、安坡山、马鞍山、五佛山、挡阳山、玉寨山、嵩山主峰（峻极峰）、五指岭和尖山等。

【译文】

五大名山：华山、泰山、恒山、衡山、嵩山。

《探微五岳图》（局部）
（南北朝）宋陆　收藏于中国台北故宫博物院

按北太行山[①]而北去，不知山所限极处[②]。亦如东海不知所穷尽[③]也。

【注释】

① 太行山：也叫五行山、王母山、女娲山，是中国重要的地理分界线，北起北京市西山，西接山西高原，东临华北平原，西接中条、北连太岳，南临近黄河的王屋山，是中国九大古代名山之一、道教十大洞天之首、道教全真派圣地。

② 限极处：即极限处。

③ 穷尽：尽头。

【译文】

如果沿着太行山向北望去，那么会看不到山的极限处。这就如我们远望东海一样，不知道它的尽头在哪里。

《霁》▶
（元）佚名　收藏于中国台北故宫博物院

明代诗人于谦曾作《夏日行太行山中》：“信马行行过太行，一川野色共苍茫。云蒸雨气千峰暗，树带溪声五月凉。世事无端成蝶梦，畏途随处转羊肠。解鞍盘礴星轺驿，却上高楼望故乡。”

《蓬莱仙馆图》

（宋）赵伯驹　收藏于中国台北故宫博物院

唐代诗人杜甫《秋兴八首·其六》："蓬莱宫阙对南山，承露金茎霄汉间。西望瑶池降王母，东来紫气满函关。云移雉尾开宫扇，日绕龙鳞识圣颜。一卧沧江惊岁晚，几回青琐照朝班。"

石者，金之根甲[①]。石流精以生水，水生木[②]，木含火。

【注释】

① 根甲：意为根源、本源。

② 水生木：此处之水、木均为五行定义。《尚书·洪范》篇中提出了金、木、水、火、土五行体系及其性能作用，其核心理念是五行相生相克。五行相生指物生相衍，如木生火，火生土，土生金，金生水，水生木。五行相克指的是相互排斥，比如水克火，火克金，金克木，木克土，土克水。

【译文】

石头，是金产生的本源。石头流出的精华，可以用来产生水，水产生木，木中又孕育着火。

水

汉北[1]广远，中国[2]人鲜有至北海[3]者。汉使骠骑将军霍去病北伐单于，至瀚海而还，有北海明[4]矣。周日用[5]曰：“余闻北海，言苏武牧羊之所去，年德甚迩[6]，柢一池，号北海。苏武牧羊，常在于是耳。此地见有苏武湖，非北溟之海。”

【注释】

① 汉北：应为漠北。

② 中国：上古时代，华夏族主体主要集居于黄河流域一带，便认为自己居住的地方处在天下的核心，故称中国，而把周围其他地区称为四方。时代变迁，后又用以泛指中原地区。

③ 北海：指瀚海，与下文“瀚海”相同，浩瀚的大海之意，也有说法认为此处瀚海指今贝加尔湖。

④ 明：即明确、确定之意。

⑤ 周日用：人名，宋朝人，今河南汝南人，曾注《博物志》十卷。

⑥ 年德甚迩：结合上下文，这里的意思是指霍去病和苏武年龄、功德颇为相似。汉武帝时，苏武出使匈奴，遭扣押于北海，牧羊 19 年。后来归汉，因其在元平元年（前 74）参与拥立汉宣帝功劳巨大，苏武像便被悬挂于麒麟阁之中。

《苏武牧羊》
（近代）任伯年　收藏于中国美术馆

《史记·苏武传》中记载苏武受困北海的情况："武既至海上，廪食不至，掘野鼠去草实而食之。杖汉节牧羊，卧起操持，节旄尽落。积五六年，单于弟於靬王弋射海上。武能网纺缴，檠弓弩，於靬王爱之，给其衣食。三岁余，王病，赐武马畜、服匿、穹庐。王死后，人众徙去。其冬，丁令盗武牛羊，武复穷厄。"

【译文】

漠北地区地阔路遥，中原很少有能有到达此地的人。然而，汉朝骠骑将军霍去病北伐匈奴时，一直打到了北海方罢兵，这么说有北海这个地方是确定的。周日用说：“我听说北海，是苏武牧羊之地。霍去病和苏武的年龄、功德皆相似，大概那时那里有这样一个大水池，号称北海。因此说，苏武牧羊时也常常在这里居住吧。此地现在虽有一个苏武湖，但并不是我们所说的北海。”

汉使张骞渡西海[①]，至大秦[②]。西海之滨，有小昆仑[③]，高万仞，方八百里。东海[④]广漫，未闻有渡者。

【注释】

① 汉使张骞渡西海：张骞，曾两次奉汉武帝之命出使西域，加强了中原与西域的联系，进一步发展了西汉和中亚国家的友好关系。张骞出使西域，并没有到达大秦（东罗马帝国），而是只到了大夏（蓝市城，今阿富汗斯坦巴尔赫附近）。因此这里所说的“西海”，一般认为指的是波斯湾。

② 大秦，最早记载大秦国的是《后汉书·西域传》。据该文载，大秦国一名犁鞬（jiān），由于在海西，又叫海西国，疆域几千里，有四百多座城。西海，应该是里海，位于西域诸国正西方向。

③ 小昆仑：山名，具体位置不详。

④ 东海：指的是今天我们所说的黄海。

【译文】

西汉使者张骞曾渡西海，抵达名叫大秦的国家。在西海的海滨有座山叫小昆仑，据说山高达万丈，方圆八百里。东海广阔无垠，没有听说过有渡过东海的人。

《张骞出使西域》 敦煌莫高窟壁画

南海短狄[1]，未及西南夷[2]以穷断。今渡南海至交趾者，不绝也。

【注释】

① 短狄：未详，大概是某个少数民族的名称。

② 西南夷：汉朝时，指巴蜀西南地区，也是当时汉朝对分布在今陇南、川西、川南和贵州一带少数民族的泛称。

【译文】

以前在南海生活的短狄人，还没有到巴蜀西南地区就消失了。现在渡过南海到交趾的短狄人，却一直未曾断绝。

《蜀川佳丽图》▶　（局部）
（明）仇英　收藏于美国华盛顿弗利尔美术馆

西夷在汉代泛指巴蜀西南地区。杜甫《成都府》有诗云："翳翳桑榆日，照我征衣裳。我行山川异，忽在天一方。但逢新人民，未卜见故乡。大江东流去，游子去日长。曾城填华屋，季冬树木苍。喧然名都会，吹箫间笙簧。信美无与适，侧身望川梁。鸟雀夜各归，中原杳茫茫。初月出不高，众星尚争光。自古有羁旅，我何苦哀伤。"

《史记·封禅书》[1]云：威、宣、燕昭遣人乘舟入海，有蓬莱、方丈、瀛州三神山，神人所集。欲采仙药，盖言先有至之者。其鸟兽皆白，金银为宫阙，悉在渤海中，去人不远。

【注释】

① 这条引自《史记·封禅书》，但与原文有差异，故引其原文以对照阅读："自威、宣、燕昭使人入海求蓬莱、方丈、瀛洲。此三神山者，其传在勃海中，去人不远；患且至，则船风引而去。盖尝有至者，诸仙人及不死之药皆在焉。其物禽兽尽白，而黄金银为宫阙。"

【译文】

《史记·封禅书》写道：齐威王、宣王和燕昭王曾派遣人员乘船下海，发现海上有蓬莱、方丈、瀛洲三座神山，那里是神仙宝地。这些人员打算去那里采集仙药，据说之前有人到过那里。山上的鸟兽都是白色的，而且用黄金白银建造宫殿，这些都在浩瀚的渤海之中，离人间不远。

《西王母寿宴图》▶ （清）佚名

《山海经·海内西经》说："海内昆仑之虚在西北，帝之下都。昆仑之虚方八百里，高万仞……在八隅之岩，赤水之际，非仁羿莫能上冈之岩。"东晋学者郭璞注解此处曰："非仁人及有才艺如羿者不能得登此山……羿尝请药西王母，亦言其得道也。"即只有后羿这样的勇士才能求取不死之药。汉代关于"不死之药"的说法众多，其对"永生"的执著追求也折射出一个时代的大繁荣。

四渎[①]河出昆仑墟[②]，江出岷山[③]，济出王屋[④]，淮出桐柏[⑤]。八流亦出名山：渭出鸟鼠[⑥]，汉出嶓冢[⑦]，洛出熊耳[⑧]，泾出少室[⑨]，汝出燕泉[⑩]，泗出涪尾[⑪]，沔出月台[⑫]，沃出太山[⑬]。水有五色，有浊有清。汝南有黄水[⑭]，华山有黑水、泞水[⑮]。渊或生明珠而岸不枯，山泽通气，以兴雷云，气触石，肤寸而合[⑯]，不崇朝[⑰]以雨。

【注释】

① 四渎：这是古人对四条河流即江（长江）、河（黄河）、淮（淮河）、济（济水）之统称。渎，指沟渠，泛指河川。

② 昆仑墟：即昆仑山。

③ 江出岷山：指长江出自岷山，这是古人较为公认的观点。长江实则源自唐古拉山脉各拉丹冬峰西南侧。岷山，属北岭支脉，自巴颜喀喇山脉东北分出，北与西倾山之间隔洮河谷，其附为羊膊岭，岷江发源于此，在今四川省松潘县北。

④ 济出王屋：济水出自王屋山。王屋，指王屋山，在今河南省济源市西。济水发源于此地，汉朝时，在今河南省武陟县汇入黄河，随后又向南溢出，流向山东方向，最终与黄河并行流入大海。

⑤ 淮出桐柏：淮河出自桐柏山。桐柏，指的是桐柏山，位于今河南、湖北两省边境地区，它是秦岭向大别山的过渡地带，属于淮阳山脉西段，呈西北——东南走向，属北岭系，东南接湖北随州，西接湖北枣阳界。主脊北侧大部在河南省境内，主峰太白顶位于河南桐柏西，是淮

河的发源地。

⑥ 渭出鸟鼠：鸟鼠，指的是鸟鼠同穴山的省称。鸟鼠同穴山，是《山海经·西山经》里记载的山名，即今甘肃省渭源县的鸟鼠山，渭水出自此山。

⑦ 汉出嶓冢（bō zhǒng）：汉水出自嶓冢山。嶓冢，山名，古书记载有两座嶓冢山：其中一座在陕西宁强北，东汉水出于此处。《尚书·禹贡》记载："嶓冢导漾，东流为汉。"另一座嶓冢山，在今甘肃省天水市西南，也即雍州山，为西汉水的发源地。两山南北相距三四百里，但它们的支流却隐然若接，所以有学者认为"陇东之山皆嶓冢也"。

⑧ 洛出熊耳：洛水出自熊耳山。熊耳，指熊耳山，在今河南省卢氏县。该山两峰高举，状如熊耳，所以如此命名。

⑨ 泾出少室：泾水出自少室山。根据实际情况，这里应该是"颍出少室"。泾水，是关中八川之一，有南北二源：北源出宁夏固原南牛营，南源出泾源西南大关山。泾水之源与少室山距离很远。颍河，古称颍水，它的主要支流为沙河，因此也被称为沙河或沙颍河。颍河为淮河最大支流，它发源于河南省登封县嵩山，经河南省周口市、安徽省阜阳市，在寿县正阳关（今安徽省颍上县沫河口）注入淮河。颍水发源地与少室山距离很近。

⑩ 汝出燕泉：汝水出自燕泉山。燕泉，山名，指燕泉山，在今河南省境内。

⑪ 泗出涪（fú）尾：涪尾，山名。据考证，应是陪尾山，

在今山东泗水东，属阴山系，泗水所出处正是陪尾山。

⑫ 沔出月台：据《水经注·沔水》记载，沔水又名沮水、沮江，出于今陕西省略阳县，向东南流至沔地西南，流入汉水。“沔出月台”，范宁据《淮南子·地形训》《左传》等校《博物志》时，指出应作“淄出目饴”。“目饴”一作“月台”。《左传·襄公四年》作“狐骀”，范校疑“月台”当作“胡台”。胡台，又称“狐骀”，山名，在今山东境内，淄水所出。

⑬ 沃出太山：《国语·吴语》有载：“北属之沂。”韦昭注云：“沂，水名，出泰山。”这里“沃”应当作“沂”，指沂水。太山，即泰山。

⑭ 汝南有黄水：汝南，郡名，汉高祖四年（前203）设置，大致在今河南颍河和淮河之间，初期治所在上蔡县（今河南省上蔡县西南）。黄水，黄色的水。

⑮ 华山有黑水、泞水：黑水，《尚书·禹贡》记载：“黑水西河惟雍州。”意思是黑水在雍州西。有三处皆以黑水命名：一出甘肃张掖鸡山至于敦煌，俗名大通河，是雍州的黑水；二是金沙江，也叫丽水，为长江的上源，出青海可可穆立山和唐古拉山脉巴萨拉木山北麓，经西藏、云南，称黑水，四川段及以后称长江，这是梁州的黑水；三是云南的澜沧江，也称黑水。泞水：指的是泥泞的水。

⑯ 肤寸而合：云气密布的意思。肤、寸，古代长度单位，一指为寸，四指为肤。《公羊传·僖公三十一年》记载：

“山川有能润于百里者……触石而出，肤寸而合，不崇朝而遍雨乎天下者，唯泰山尔。”

⑰ 崇朝：指从天亮到早饭之间的时间，也指一个早晨。崇，通“终”，终了，整个的意思。

【译文】

四条大河中黄河出自昆仑山，长江出自岷山，济水出自王屋山，淮河出自桐柏山。八条水流也出自名山：渭水出自鸟鼠山，汉水出自嶓冢山，洛水出自熊耳山，颍水出自少室山，汝水出自燕泉山，泗水出自陪尾山，淄水出自胡台山，沂水出自泰山。水有五种色彩，有清浊的区别。汝南有黄色的水，华山有黑色的水、泥泞的水。如果深渊里长出了明珠，那么旁边的山崖也会增添无限光彩，高山和水泽的气流相通，就会出现雷云，云气触碰到山石，云气聚合在一起，用不了一个早晨就会下雨。

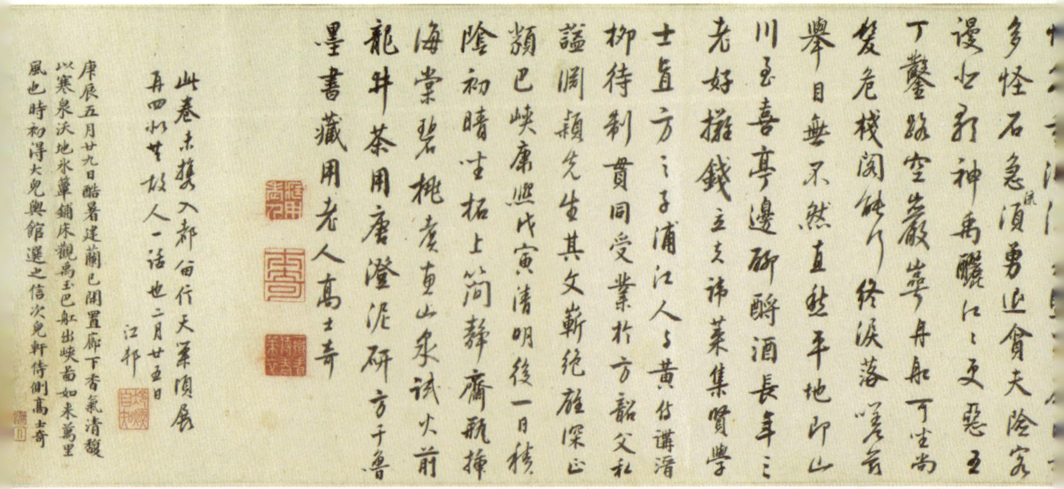

多怪石急須勇進貪夫險家
漫如新神禹釃江江更惡王
丁鑿路空巖嶂舟船下上尚
發危棧閣行終溪落嗟哉
舉目無不然直然平地印山
川玉喜亭邊醉醇酒長年三
老好攤錢三支詩萊集賢學
士直方之子浦江人子黄仕講潛
柳待制貫同受業於方韶父私
謚淵穎先生其文嶄絕雄深正
類巴峽康熙戊寅清明後一日積
陰初晴坐梧上筍靜齋瓶插
海棠碧桃黄山泉試火前
龍井茶用唐澄泥研方于魯
墨書藏用老人高士奇

此卷未携入都留行天寧須展
再四此其故人一話也二月廿五日
江邨

庚辰五月廿九日酷暑建蘭已開置廊下香氣清馥
以寒泉沃地氷簟鋪床觀禹玉巴舡出峽畫如米萬里
風也時初得大兒輿館選之信次兒軒侍側高士奇

《长江万里图》卷
（宋）佚名　收藏于中国台北故宫博物院

王勃《滕王阁序》中赞长江道：“滕王高阁临江渚，佩玉鸣鸾罢歌舞。画栋朝飞南浦云，珠帘暮卷西山雨。闲云潭影日悠悠，物换星移几度秋。阁中帝子今何在？槛外长江空自流。”

《千里江山图》卷（局部）
（北宋）王希孟　收藏于北京故宫博物院

江河水赤，名曰泣血[①]。道路涉骸，于河以处也[②]。

【注释】

① 江河水赤，名曰泣血：江河，指的是长江与黄河。名曰，指的是通过占卜询问而来的吉凶结果。

② 道路涉骸，于河以处也：据《后汉书·五行志》李贤注索引《博物志》为："江河水赤，占曰，泣血道路，涉苏于何以处。"此处"骸"应为"苏"，野草之意。"河"应为"何"。大概意思为：道路上塞满了野草，有什么地方可以用来安处呢？

【译文】

长江和黄河的水呈现出红色，占卜问吉凶说是眼泪流尽而哭出了鲜血才染红的。道路上塞满了很多野草，有什么地方可以用来安处呢？

《水图》卷▶
（南宋）马远　收藏于北京故宫博物院

我国的传统文化十分强调人与自然的和谐统一，因而山水景物都寄托着古圣贤关于修齐治平的理想。《博物志》如是，《水图》亦如是。学者冯海涛认为：《水图》一共十二部分，而《左传·哀公七年》有"周之王也，制礼，上物不过十二，以为天之大数也"。故"十二"是法天之作，而且用到了"天之大数"。而"水"亦指大禹治水之"水"，寓意天下之"州"。而且，宋宁宗通过年号"开禧"向世人表明，他与先祖有着同样的政治抱负——统一天下，这个理想国的视觉化就是马远的《水图》

細浪漂漂
寒塘清淺
雲舒浪卷
湖光瀲灧
雲生蒼海
秋水迴波
黄河逆流
長江萬頃

山水总论

五岳视三公，四渎视诸侯[①]。诸侯赏[②]封内名山者，通灵助化，位相亚[③]也。故地动臣叛，名山崩，王道讫，川竭神去，国随已亡。海投九仞之鱼，流水涸，国之大诫也。泽浮舟，川水溢，臣盛君衰。百川沸腾，山冢卒[④]崩，高岸为谷，深谷为陵，小人握命，君子陵迟[⑤]，白黑不别，大乱之征也。

【注释】

① 五岳视三公，四渎视诸侯：据《礼记·王制》记载："天子祭天下名山大川，五岳视三公，四渎视诸侯。"视，比照的意思。三公，周代有两种说法：一是指司马、司徒、司空；二是太师、太傅、太保。西汉时，丞相是大司徒，太尉是大司马，御史大夫是大司空，三职合称"三公"。随着时代演变，到了明清，以太师、太傅、太保为"三公"，但只是最高荣誉头衔。

② 赏：应为"飨"，本意是设宴款待，这里引申为祭祀。

③ 亚：第二的意思，引申为差一等。

④ 卒：通"碎"，破碎的意思。

⑤ 小人握命，君子陵迟：握命，掌控命运，得志的意思。陵迟，斜平，引申为衰颓。这里的意思是小人竟然得志，而君子却陷入衰颓。

【译文】

天子祭祀五岳，比照的是三公宴享的规格，祭祀四渎比照的是诸侯宴享的规格。而诸侯祭祀封地内的名山大川，与神灵沟通来帮助教化万民，诸侯祭祀的规格要比三公差一等。如果发生地震、臣子叛乱的事情，名山崩塌，那么注重仁义的王道就会终结。河水枯竭，护佑万民的神灵就会离开，国家也会跟着灭亡。如果向海中投入七八丈长的大鱼，河水就会干涸，这对于国家来说，是一个严重的警戒。沼泽之上浮起众多船只，河水大涨而溢出，这是臣盛君衰的迹象。大大小小的江河接连沸腾，山峰接连倒塌崩裂，原来的高山变成了深谷，深谷也变成了山陵，这都暗示着小人逐渐掌握了国家命运，而君子却处在困厄的境地，这就叫黑白不分，是天下大乱的兆头。

《江山秋色图》卷
（宋）赵伯驹　收藏于北京故宫博物院

《援神契》[①]曰：五岳之神圣[②]，四渎之精仁[③]，河者水之伯，上应天汉[④]。太山，天帝孙也，主召人魂。东方万物始成，故知人生命之长短。

【注释】

① 《援神契》：指的是汉代纬书《孝经援神契》。这段引文与清代学者所引首句稍有不同，原文如下："五岳之精雄圣，四渎之精仁明。河者水之伯，上应天汉。泰山，天帝孙也，主召人魂。东方万物始成，故知人生命之长短。"

② 五岳之神圣：意思是，五岳所具之精魂，在雄浑圣聪。

③ 四渎之精仁：意思是，四渎所具之精魂，在仁慈智慧。

④ 天汉：指银河。

【译文】

《援神契》上说：五岳的精魂在于雄浑圣聪，四渎的精魂在于仁慈智慧。黄河是水的长官，上与银河呼应。泰山是天帝的孙子，它主管召唤人魂灵之事。东方是世间万物开始复苏的方位，因此泰山主管人寿命的长短。

《楼阁山水图》　[日]池之大河
收藏于日本东京国立博物馆

五方人民

东方少阳[①]，日月所出，山谷清[②]，其人佼好[③]。

【注释】

① 少阳：按照阴阳四时五行对应理论，少阳在五方属东、五行属木，四时主春，主生，有阳气发动的意思。

② 清：清朗的意思。有学者后补“朗”字，句式对应，也更易理解。

③ 佼好：美好的意思，侧重形容人之面孔相貌。

【译文】

东方是阳气发动的地方，日月从中升起，东方的山谷清秀明朗，那里的人长得俊俏好看。

西方少阴[1]，日月所入，其土窈冥[2]，其人高鼻、深目、多毛[3]。

【注释】

① 西方少阴：按照阴阳四时五行对应理论，少阴于五方属西，五行属金，四时主秋，主收，有阴气发动义。

② 窈冥：幽暗的意思。

③ 多毛：有部分存本引述为“面多毛”，结合前文，应当更合理。

【译文】

西方是阴气发动、日月下落之方位，那里的土地幽暗，那里的人高鼻子，深眼窝，面上多毛。

南方太阳[①]，土下水浅[②]，其人大口多傲[③]。

【注释】

① 南方太阳：按照阴阳四时五行对应理论，太阳于五方属南，五行属火，四时主夏，主长，代表阳气旺盛。

② 土下水浅：地势较低，水流清浅。

③ 人大口多傲：《淮南子·地形训》记为“大口决眦”，形容眼大近乎瞪开眼眶。

【译文】

南方是阳气旺盛的地方，那里地势较低、水流清浅，那里的人口大眼大。

卡尤狆家 ▶
选自《进贡苗蛮图》 （清）陈枚 收藏于日本京都大学附属图书馆

画面中描绘的是南方少数民族地区的婚俗，画家特意强调了抛球男子嘴大的特征。

北方太阴[①]，土平广深，其人广面缩颈[②]。

【注释】

① 北方太阴：按照阴阳四时五行对应理论，太阴于五方属北，五行属水，四时主冬，主藏，有阴气极盛的意思。

② 广面缩颈：面部宽大，脖子短。

【译文】

北方是阴气极盛的地方，那里的土地平坦宽广深邃，那里的人面部宽，脖子短。

《胡人狩猎图》（局部）
（清）佚名　收藏于爱尔兰都柏林切斯特·比替图书馆

中央四析[①]，风雨交，山谷峻，其人端正。

【注释】

① 四析：析之本义为破开木头，此处用引申义，分开。四析，即四方平分的意思。

【译文】

中央是四方平分的地方，风雨交汇，山谷峻峭，那里的人容貌端正庄重。

南越[①]巢居，北朔[②]穴居，避寒暑也。

【注释】

① 南越：也称南粤，大约在今广东、广西一带。先秦时期的古籍，多对长江以南沿海一带的各个部落统称为“越”，或称“百越”。南越是百越部落中的一支，包括壮族、畲族和疍家等。

② 北朔：这里代指北方。

【译文】

南越人习惯筑巢而居，北方人则挖洞穴而居，这都是为了躲避寒冷酷暑。

东南之人食水产[①]，西北之人食陆畜。食水产者，龟、蛤[②]、螺、蚌以为珍味，不觉其腥臊[③]也。食陆畜者，狸、兔、鼠、雀以为珍味，不觉其膻[④]也。

【注释】

① 水产：是对海洋、江河、湖泊里生活的动物或藻类等的统称，通常指各种可为人所食用的鱼、虾、蟹、贝类、海带、石花菜等。

② 蛤（gé）：蛤蜊（lí）。

③ 腥臊：指水产散发的腥臭气味。

④ 膻（shān）：原指羊臊气，像羊肉的气味。此处泛指类似羊臊气的恶臭。

【译文】

东南沿海的人喜欢吃水产品，西北内陆的人吃陆上的禽兽。那些吃水产的人，把乌龟、蛤蜊、海螺、河蚌当成非常珍奇的美味，不觉得它们是腥臭的。那些吃陆上禽兽的人，把狐狸、兔子、老鼠、鸟雀当成珍奇的美味，也不觉得它们味道臊腥。

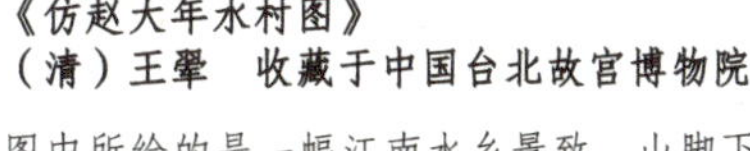

《仿赵大年水村图》
（清）王翚　收藏于中国台北故宫博物院

图中所绘的是一幅江南水乡景致。山脚下房屋沿溪而建，男女往来种作，分外宜人。

《捕鱼图》
（明）陆治　收藏于中国台北故宫博物院

《江行初雪图》卷
（五代南唐）赵幹　收藏于中国台北故宫博物院

此图描写初冬时节，长江沿岸渔民冒寒捕鱼的情形。南地多水，因而居民喜食鱼肉。《世说新语》就记载了这样一个故事：“陆机诣王武子，武子前置数斛羊酪，指以示陆曰：‘卿江东何以敌此？’陆云：‘有千里莼羹，但未下盐豉耳！’”《齐民要术》中也记载了“莼羹”的做法：“鱼长二寸，唯莼不切。鳢鱼，冷水入莼；白鱼，冷水入莼，沸入鱼。与咸豉。”

有山者采，有水者渔。山气多男，泽气多女。平衍[①]气仁，高凌[②]气犯[③]，丛林气躄[④]，故择其所居。居在高中之平，下中之高，则产好人。

【注释】

① 平衍：低而平坦的地方。

② 高凌：应为“高陵”，与“平衍”相对。

③ 犯：冒犯的意思，这里可以引申为急躁。

④ 躄（bì）：瘸腿。

【译文】

靠近山的人善于采伐，靠近水的人善于捕捞。常常呼吸山气的人多生男，常常呼吸水泽气的人多生女。那些常常呼吸平原之气的人大多仁慈，而常常呼吸高原之气的人多易急躁，常常呼吸丛林之气的人多生瘸腿之疾，因此要对居住的地方有所选择。居住在高原中的平地，或者平原中的高处，能培养出品貌身体俱佳的人。

《江乡农作图》卷（局部）
（宋）赵士雷　收藏于中国台北故宫博物院

古人认为地理环境对人的健康会产生很大影响，因而在选择住处和建造住宅时非常谨慎，如选择阳光充沛且建筑不受曝晒的地方，选择有活水的地方但又不至于遭受水害。聪慧的劳动人民在跟自然气候打交道的同时，积累了丰富的经验，如《史记·货殖列传》中记载：“楚越之地，地广人希，饭稻羹鱼，或火耕而水耨，果隋蠃蛤，不待贾而足，地埶饶食，无饥馑之患，以故呰窳偷生，无积聚而多贫。是故江淮以南，无冻饿之人，亦无千金之家。沂、泗水以北，宜五谷桑麻六畜，地小人众，数被水旱之害，民好畜藏，故秦、夏、梁、鲁好农而重民。三河、宛、陈亦然，加以商贾。齐、赵设智巧，仰机利。燕、代田畜而事蚕。”

居无近绝溪[①]，群冢[②]狐虫之所近，此则死气阴匿[③]之处也。

【注释】

① 绝溪：断流的溪水。

② 群冢：众多坟墓。

③ 阴匿：隐匿的意思。

【译文】

居住地不要选择临近溪流断绝的地方，也不要选择有大量坟墓，或者狐狸、虫豸靠近的地方，这些都是死气隐藏之处。

山居之民多瘿肿疾[①]，由于饮泉之不流者。今荆南[②]诸山郡东多此疾。瘇，由践土之无卤者，今江外诸山县偏多此病也。卢氏曰："不然也。在山南人有之，北人及吴楚无此病，盖南出黑水，水土然也。如是不流泉井界，尤无此病也。"

【注释】

① 瘿（yǐng）肿疾：指的是一种头颈部肿大长瘤的疾病，也就是人们熟知的大脖子病。

② 荆南：指的是荆山以南，属古楚地，在荆州一带，也泛指南方。

③ 瘇：脚肿之疾。

【译文】

居住在山区的人多患有颈部长瘤的疾病，这是因为他们常常喝不流动的泉水。现在，荆南群山的州郡东部的人多患有这种疾病。脚肿，是因为他们常常踩踏没有盐卤的土地，现在江南诸多山区县偏偏多患有脚肿病。卢氏说："不是这样。在江南山区，人患有这种病，江北和吴楚地区的人没有这种病，大概是江南山区有黑水流经，水土造成的。如果没有这样不流动的泉水和井水，就不会有脚肿这种病了。"

《春泉洗药图》卷（局部）
（清）禹之鼎　收藏于美国克利夫兰艺术博物馆

物产

地性[①]含水土山泉者，引地气[②]也。山有沙者生金，有谷者生玉。名山生神芝，不死之草[③]。上芝为车马，中芝为人形，下芝为六畜。土山多云，铁山多石。五土[④]所宜，黄白宜种禾，黑坟宜麦黍，苍赤宜菽芋[⑤]，下泉宜稻，得其宜，则利百倍。

【注释】

① 地性：意思是地形。

② 引地气：牵引地中之气。

③ 不死之草：据说是能让人起死回生的仙草。

④ 五土：这里指青、赤、白、黑、黄五色土。

⑤ 菽（shū）：指豆类。芋，一种多年生草本植物，地下有肉质的球茎，富含淀粉，可供食用，还可以药用，也就是我们熟悉的芋头。

【译文】

大地的形态包括水、土、山、泉等，它们各自都牵引着地中之气。沙石多的山易产金，有峡谷的山多产玉。名山上常常生长着灵芝草，它是一种能使人起死回生的仙草。上等的灵芝呈现车马的形状，中等的灵芝呈现人形，下等的灵芝呈现六畜的形状。以土质为主的山多云雾，产铁丰富的山多石头。各种颜色的土壤对应各自适宜种的庄稼，黄白色的土壤适合种粟，黑色的高地适合种植麦子和高粱，青色、红色土壤适合种植豆类和芋头，地势低下而多水的土壤适合种稻，根据不同的土质，种植不同的庄稼，就能获取百倍的利润啊！

《摹楼璹耕作图》
（元）程棨　收藏于美国弗利尔美术馆和赛克勒美术馆

宋代诗人范成大曾作《四时田园杂兴》，其中春有：“‘土膏欲动雨频催，万草千花一饷开。舍后荒畦犹绿秀，邻家鞭笋过墙来。’‘新绿园林晓气凉，晨炊蚕出看移秧。百花飘尽桑麻小，来路风来阿魏香。’夏有：‘五月江吴麦秀寒，移秧披絮尚衣单。稻根科斗行如块，田水今年一尺宽。’‘二麦俱秋斗百钱，田家唤作小丰年。饼炉饭甑无饥色，接到西风熟稻天。’秋有：‘秋来只怕雨垂垂，甲子无云万事宜。获稻毕工随晒谷，直须晴到入仓时。’‘菽粟瓶罂贮满家，天教将醉作生涯。不知新滴堪笃未？细捣枨虀买鲙鱼。’冬有：‘榾柮无烟雪夜长，地炉煨酒暖如汤。莫嗔老妇无盘饤，笑指灰中芋栗香。’‘村巷冬年见俗情，邻翁讲礼拜柴荆。长衫布缕如霜雪，云是家机自织成。’”

和气[①]相感则生朱草[②]，山出象车[③]，泽出神马[④]，陵出黑丹[⑤]，阜出土怪[⑥]，江南大贝[⑦]，海出明珠，仁主寿昌，民延寿命，天下太平。

【注释】

① 和气：古人认为气是由天地间阴阳交合而成，万物由“和气”而生。

② 朱草：一种红色的草，古人认为红色的草是祥瑞之物。

③ 象车：古人认为盛世时，山林中会长出一种圆曲之木。这种木可以用来制造车，人们视其为祥瑞之物。

④ 神马：被称为神异祥瑞之马。

⑤ 黑丹：指的是黑色的丹药。在古代，丹砂也就是朱砂，是可以用来制作颜料的一种矿石。红色的朱砂变成黑色，被视为祥瑞的征兆。

⑥ 土怪：指的是土中的妖怪。这里也是祥瑞的征兆。

⑦ 江南大贝：据上下文，这里应是“江出大贝”。大贝，是指个头很大的贝类，也是祥瑞之物。

【译文】

在祥瑞之气交互感应之下，大地上会生出仙草，山林里会生出可以制车的圆曲之木，大泽里会跃生出神马，高原上会产出黑丹，丘陵上会冒出土怪，江水里会生出大贝，大海里会生出明珠，那么，仁德的君王就会长寿昌盛，百姓就会延年益寿，天下便会太平。

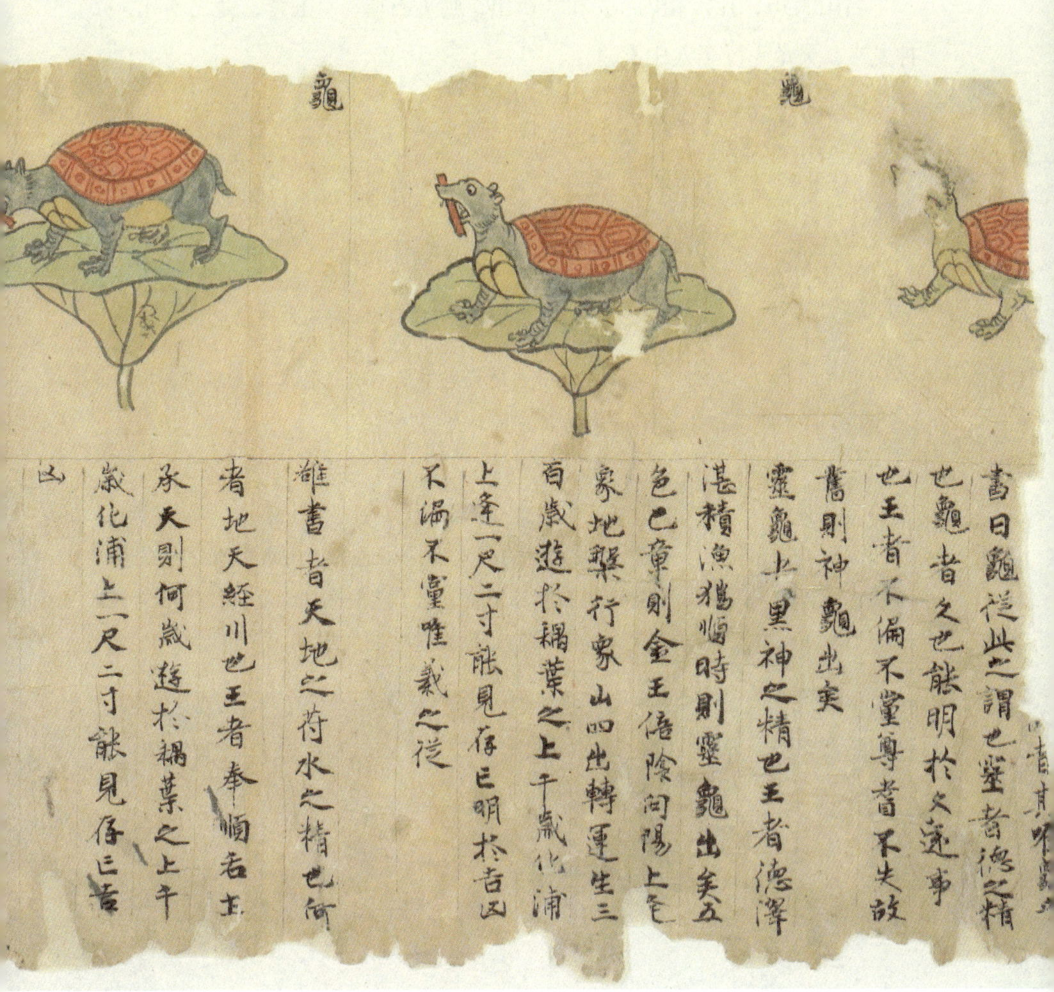

《彩绘祥瑞动物图》（局部）
敦煌图卷　收藏于法国国家图书馆

名山大川，孔穴相内[①]，和气所出，则生石脂[②]、玉膏，食之不死，神龙[③]、灵龟[④]行于穴中矣。

【注释】

① 相内：相通。

② 石脂：是一种石类，有黏性，可以入药。

③ 神龙：古人把龙当成神物，所以称龙为神龙。

④ 灵龟：古人用火烧炙龟甲显示的兆象来占卜吉凶，所以把乌龟称为灵龟或神龟。

【译文】

那些名山大川的洞穴都是相通的，出现祥瑞之气的洞穴，则会产生石脂和玉膏，吃了这些东西，就会长生不老，神龙和灵龟也就常常出没在这些洞穴中了。

《玉洞烧丹图》
（明）仇英　收藏于中国台北故宫博物院

汉代人对长生的渴望大概是今人难以理解的程度。丹药某种程度上即为不死之药，因而汉代人对于炼丹这一活动的各个环节都十分讲究，并制定了相当严苛的标准。古人认为，名川大山造化奇秀，物华天宝，因而它们的洞穴之中一定充满有益于人体健康的祥瑞之气，因而往往在其中炼丹养生。

神宫在高石沼[①]中，有神人，多麒麟[②]，其芝神草，有英泉[③]，饮之，服三百岁乃觉[④]，不死。去瑯琊[⑤]四万五千里。三珠树生赤水[⑥]之上。

【注释】

① 高石沼：据传是神话中的地名。石头和沼泽或山与水共存的环境，可以看作是被赋予了通神的意义。

② 麒麟：这是中国古代神话中的一种瑞兽，与“龙”“凤”“龟”“貔貅”并称为五大瑞兽。

③ 英泉：这里疑有误，应是“美泉”。据《太平御览》记载：“昆丘之上有赤泉，饮之，不老。神官有美泉，饮之眠三百岁乃觉，不死。”

④ 服三百岁乃觉：这里“服”应是“眠”。同上。

⑤ 瑯琊：也就是琅琊，山名，在古代被称为神山，在今山东省诸城市东南海滨。

⑥ 赤水：这是神话传说中的水名，据传其发源地在昆仑山东南。

【译文】

神宫修建在高石沼之中，那里有神仙，还有很多麒麟，那里的灵芝是起死回生的神草，那里还有美泉，人饮用之后，睡三百年才会醒过来，可以让人长生不死。神宫距离琅琊山四万五千里，有三株树生长在赤水之上。

员丘山[①]上有不死树，食之乃寿。有赤泉[②]，饮之不老。多大蛇，为人害，不得居也。

【注释】

① 员丘山：这是山名，据传神仙居住的地方。

② 赤泉：这里指神山的神泉。

【译文】

员丘山上生长着不死树，人若吃了它的果实就可以延年益寿。这座山上流淌着赤泉，人若喝了这里的泉水就不会衰老。山上还有很多大蛇，它是人的祸害，不能成为居住的地方。

◀ 刘根入山遇仙
选自《群仙图》册 （清）佚名 收藏于中国台北故宫博物院

《神仙传》记载："刘根，字君安，如华阴山中，见一人乘白鹿车，从者十余人，左右玉女四人执采旄之节，皆年十五六余。再拜稽首，求乞一言，神人乃告曰：'尔闻有韩众否？'答曰：'实闻有之。'神人曰：'我是也。'"

◀ **子虚求药**

选自《群仙图》册　（清）佚名　收藏于中国台北故宫博物院

唐传奇《陶尹二君》记载："唐大中初，有陶太白、尹子虚二老人，相契为友，多游嵩、华二峰，采松脂、茯苓为业。二人因携酿酝，涉芙蓉峰，寻异境，憩于大松林下，因倾壶饮，闻松稍有二人抚掌笑声。忽松下见一丈夫，古服俨雅；一女子，鬟髻彩衣，俱至。仙人授予二人以长生之法，言毕，因风化为花片蝶翅而扬空中。"

螺寶帶

卷二

导读

本卷分四篇，分别是《外国》《异人》《异俗》《异产》。其内容大多取材于古籍，比如《山海经》《括地图》《墨子》《河图》《国语》《诗含神雾》等，其中鲛人取材于《洞冥记》，续弦胶取材于《十洲记》。本卷内含神话传说，也有先秦典籍，还有博物体志怪小说。

《外国》篇主要摘录了《山海经》和《括地图》等书内容，重点介绍了轩辕国、白民国、君子国、三苗国、驩兜国、大人国、厌火国、结胸国、羽民国、穿胸国、交趾国和孟舒国等国家的人的体型外貌、地理方位和风俗习惯等，呈现出神奇多样的异国世界。这些异域外族，无论是形体还是习俗都非常怪异：有的人面鸟喙，有的人首鸟身，有的胸腔穿孔，有的脚胫交叉，有的能吐火，有的善为机巧，有的善于礼让……

《异人》篇主要摘录了《山海经》《河图》《国语》和《三国志》等内容，记录了各种神奇的异人。他们有超高的巨人，也有超矮的侏儒。南海鲛人流出的眼泪会变成珍珠，呕丝野女的嘴巴能吐丝，蒙双民可以死而复生，日南野女裸露着身体寻找丈夫，还有只有女人生活的地方。这些现象神奇怪诞，一些故事也曲折细腻，不禁让人拍案叫绝。这些异人大多是作者虚构出来的，但其中不少都是有根据的。比如在额头雕刻花纹的雕题人，涂黑牙齿的黑齿人，他们在原始部落是真实存在的。还有一些，比如荆州獠子，在现代的考古中也发现了相关的证据。关于日南野女的故事，一些古籍中也有相关记载。

《异俗》篇记录了大量的民风民俗，包括家庭、服饰、生育、丧葬等方面内容。它们多取材于《墨子》《三国志》等，其中啖人国和义渠国两则都出自《墨子》。关于义渠国“焚之勋之”的风俗，墨子虽然主张节葬，但仍然觉得这种丧葬方式太过单薄，而作者张华认为“中国未足为非也”。从中我们可以看到，人们的观念与时俱进，同时从这些风俗中也不难看出，周边异域的风俗与中原地区差异很大。

《异产》篇中记录了古代不少珍奇贡品，它们都是罕见的宝物。比如弱水西国进献的辟疫香（如果是真的，那么在今天仍然能造福人类），西海国上贡的续弦胶，还有切玉刀、石胆等，其中所提及的“西域火浣布”，魏文帝曹丕曾经认为并不存在这样的布匹，然而实际上是存在的，也就是现在的石棉布。此外，临邛火井其实就是天然气井，还有西域硫黄也是真实存在的，只是在当时比较罕见而已。

外国

夷[①]海内西北有轩辕国[②]，在穷山[③]之际，其不寿者八百岁。渚沃之野[④]，鸾自野[⑤]，民食凤卵，饮甘露。

【注释】

① 夷：指东方。

② 轩辕国：传说中的国家名。据《山海经·海外西经》记载："轩辕之国在穷山之际，其不寿者八百岁。"《大荒西经》也讲道："有轩辕国。江山之南栖为吉，不寿者乃八百岁。"

③ 穷山：地名。据《山海经·海外西经》记载："穷山在其北，不敢西射，畏轩辕之丘。"

④ 渚沃之野：地名，因为土地肥美物产丰富而得名。《山海经·大荒西经》中提到："有沃之国，沃民是处。"沃，便是指沃这个国家。生活在那里的人，称为沃民。

⑤ 鸾自野：参考《山海经·海外西经》记载："此渚夭之野，鸾鸟自歌，凤鸟自舞。"这里应该是作者简记其文。

【译文】

在东方的海内地区西北部，有个国家叫轩辕国，大概在穷山的附近，那里最短寿的人也能活八百岁。在沃民生活的富饶田野上，鸾鸟凤鸟自由自在地歌舞，那里的人们可以吃凤鸟生的蛋，喝天降的甘美雨露。

《五凤锦绣》
（清）佚名　收藏于美国纽约大都会艺术博物馆

白民国[①]，有乘黄[②]，状如狐[③]，背上有角，乘之寿三千岁。

【注释】

① 白民国：是一个国家名，那里的国民都是白身白发，披头散发。据《山海经·大荒东经》：“有白民之国。帝俊生帝鸿，帝鸿生白民。白民销姓，黍食，使四鸟：虎、豹、熊、罴。”此白民国为帝俊后裔，在东方。《山海经·海外西经》记载：“白民之国，在龙鱼北，白身被发。

白民国人
辽代《山海经》帛画

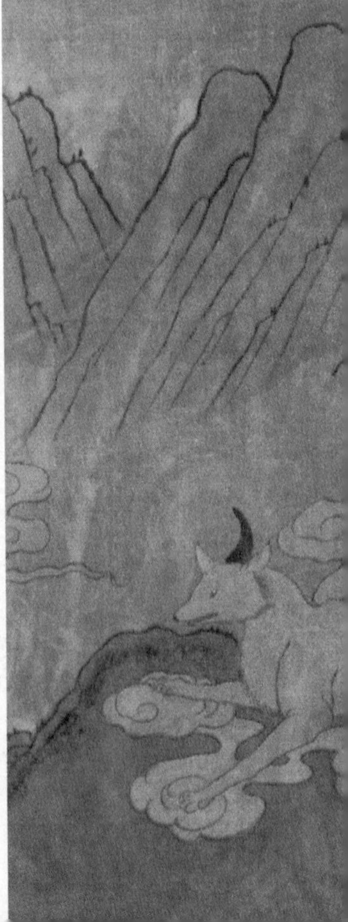

有乘黄，其状如狐。”这里的白民国却在西方。两处记载，方位不同，所写情景也有异同。

② 乘黄：一种传说中的奇兽的名字，还被称为飞黄或訾黄。

③ 状如狐：外形像狐狸。

【译文】

有一个白民国，有乘黄这种奇兽，外形很像狐狸，背上长着两只角，如果有人骑上乘黄，寿命可能达到三千岁。

君子国[1]，人衣冠带剑，使两虎[2]。民衣野丝，好礼让，不争。土千里，多薰华之草[3]。民多疾风气[4]，故人不番息[5]，好让，故为君子国。

【注释】

① 君子国：大概位置在东南至东北一带，民众衣冠带剑，多谦让。据《山海经·海外东经》记载："君子国在其北，衣冠带剑，食兽，使二大虎在旁，其人好让不争。有熏华之草，朝生夕死。"

② 使两虎：役使两只老虎。

③ 熏华之草：熏华，也叫蕣华。这里指的是木槿之花。这是一种早晨开花，傍晚凋谢的花。

④ 疾风气：疾，疾病，引申为害怕的意思。这里指害怕被风气所吹。

⑤ 番息：繁殖增多。

【译文】

有一个国家叫君子国，这里的人穿戴非常整齐，喜欢在腰间佩剑，常常在身旁役使两匹花斑老虎。那里的百姓穿着野丝编织而成的漂亮衣裳，讲究礼貌与谦让，从来不争斗。这个国家的土地方圆千里，生长着许多早晨开花、傍晚凋谢的薰华草。这里的人多数害怕风吹，所以很难繁衍，因为好让不争，所以称为君子国。

木槿

选自《本草图汇》十九世纪绘本　佚名　收藏于日本东京大学附属图书馆

木槿的栽培历史悠久，《诗经·郑风·有女同车》有云：“‘有女同车，颜如舜华’‘有女同行，颜如舜英’”。此处的“舜”就是木槿，诗中以木槿鲜艳的颜色来赞美女子美好的容颜和德行。作为仲夏的代表花卉，《礼记·月令》中有关于“仲夏之月，木槿荣”的记载。唐代诗人戎昱在《红槿花》写道：“花是深红叶曲尘，不将桃李共争春。今日惊秋自怜客，折来持赠少年人。”

三苗国[1]，昔唐尧[2]以天下让于虞[3]，三苗之民非之。帝杀，有苗之民叛，浮入南海[4]，为三苗国。

【注释】

① 三苗国：亦名“三毛国”。《山海经·海外南经》：“三苗国在赤水东，其为人相随。一曰三毛国。”《战国策》中有记载：“昔者，三苗之居，左彭蠡之波，右有洞庭之水，文山在其南，而衡山在其北。”尧舜禹伐三苗以前，三苗国的居住地大约在洞庭、鄱阳湖之间，北界在伏牛山南麓，包括整个南阳盆地。

② 唐尧：指的是尧帝。传说中的部落联盟领袖。

③ 虞：指的是虞舜。传说中，舜是父系氏族社会后期部落的联盟领袖。舜，姚姓，号有虞氏，名重华，史称“虞舜”，是我国“三皇五帝”之一。舜帝是中华道德文化的鼻祖，据《史记》所载：“天下明德，皆自虞舜始。”

④ 浮入南海：浮，漂浮，引申为坐船。

【译文】

有一个国家叫三苗国。昔日帝尧把天下禅让给虞舜，当时三苗的部族首领对尧提出了反对意见。帝尧便杀了他，于是三苗部族的人民就反叛了，后来他们乘船漂流到南海，定居了下来，在那里建立了三苗国。

过滩

选自《陶冶图》卷　（清）王致诚　款　收藏于中国香港海事博物馆

驩兜国[①]，其民尽似仙人。帝尧司徒[②]。驩兜民。常捕海岛中[③]，人面鸟口，去南国万六千里，尽似仙人也[④]。

【注释】

① 驩（huān）兜国：距今约四千年前，位于广东省珠江三角洲水网地区。《史记·五帝本纪》提到，驩兜原是尧的臣子，因违反尧的命令自作主张，误用共工做工师。而共工放纵邪僻而被流放，驩兜被放逐崇山。《吕氏春秋》载："缚娄国、阳禺国、驩兜国，多无君。"这些年在广东博罗县横岭山出土了先秦时期三百余座墓葬，同时也出土了大量青铜器、铁器等，学术界大多认为这正是古缚娄国的文化遗存。从这些遗物来看，当时缚娄国已经是方国社会形态，并不是"无君"的原始氏族社会，而与缚娄国相邻的驩兜国，情形大致相同。

② 帝尧司徒：驩兜在帝尧时担任司徒。司徒，是一个官名，负责管理土地和征发兵役。

③ 驩兜民。常捕海岛中：驩兜被放逐后，投南海而死。帝尧怜悯他，便让他的子孙居住在南海，靠打鱼生活下去。

④ 尽似仙人也："尽"应是"画"。意思是，从画像上看，确实像仙人。

【译文】

有个国家叫驩兜国，那里的人长得都像仙人。驩兜人的祖先曾经担任过帝尧的司徒。驩兜国的百姓常常依靠在海上捕鱼生活。他们长着人的面孔，鸟的嘴巴，这个国家离中国南方约有一万六千里，从画像上看，这些人确实像仙人。

大人国[①]，其人孕三十六年，生白头，其儿则长大能乘云而不能走，盖龙类[②]，去会稽[③]四万六千里。

【注释】

① 大人国：传说是从东南到东北方的国家。《山海经》中对此有多处记载。《大荒东经》云："东海之外……有波谷山者，有大人之国。有大人之市，名曰大人之堂。有一大人踆其上，张其两臂。"《大荒北经》："有人名曰大人。有大人之国，釐姓，黍食。有大青蛇黄头，食麈。"

② 盖龙类：大概是属于龙种一类。

③ 会（kuài）稽：山名，指会稽山，原称茅山、亩山。会稽山位于绍兴市区东南部，据传是上古时代的部落首领大禹娶妻、封禅的地方。

【译文】

有个国家叫大人国，那里的母亲要怀孕三十六年才能把孩子生下来，孩子一生下来，就是白头发，身材高大，能乘云驾雾，却不会跑，可能是属于龙种一类。这个国家离会稽山有四万六千里的距离。

厌光国民，光出口中[①]，形尽似猿猴[②]，黑色。

【注释】

① 厌光国民，光出口中：据《山海经·海外南经》记载："厌光国在其国南，兽身黑色，生火出其口中。"所以，此处应修正为"火出口中"。

② 形尽似猿猴："尽"应是"画"。从画像上看，那里的人外形像猿猴。

【译文】

生活在厌火国的人，口中可以吐出火来，从画像上看，那里的人外形像猿猴，浑身黑色。

结胸国[①]，有灭蒙鸟[②]。奇肱[③]民善为拭扛，以杀百禽，能为飞车，从风远行。汤[④]时西风至，吹其车至豫州[⑤]。汤破其车，不以视民[⑥]，十年东风至，乃复作车遣返，而其国去玉门关四万里。

【注释】

① 结胸国：又叫结匈国，因为这个国家的人胸部骨头向外凸出，像鸡一样尖削凸出的胸脯，就像男人的喉结一样，所以被称为结胸国。结胸国位置大概在今云南或云南以南地区。据《山海经·海外南经》记载："结匈国在其

西南，其为人结匈。”《海南子·地形训》中记载：“自西南至东南方，结胸民，羽民，讙头国民，裸国民，三苗民，交股民，不死民，穿胸民，反舌民，豕喙民，凿齿民，三头民，修臂民。”

② 灭蒙鸟：鸟名，是中国古代神话传说中怪鸟，出自《山海经》。这种鸟生活在结匈国的北边，长有青色的羽毛，红色的尾巴，外形非常酷。

③ 奇肱（jī gōng）：神话传说中的国名，据《山海经·海外内经》记载：“奇肱之国在其北，其人一臂三目，有阴有阳，乘文马。有鸟焉，两头赤黄色，在其旁。”这里的人擅长机巧，做各种灵巧的装置。

⑤ 汤：指的是商汤，商朝开国君主。

④ 豫州：是古代九州之一。因位于九州之中，故别称中州。豫州的区域，以河南为中心，东接山东、安徽，北接河北、山西，南临湖北，历史上曾数次达到鼎盛时期，自夏朝至宋朝一直是中国的政治、经济和文化中心。今河南省大部分皆属豫州，故简称“豫”。

⑥ 不以视民：视，通“示”，展示的意思。

【译文】

有一个国家是结胸国，在它的北部生活着一种灭蒙鸟。它是青色的，却长着红色的尾巴，奇肱国的人一臂三目，非常善于制作各种捕鸟的灵巧装置，用来捕杀鸟禽，他们还能做飞车，乘风远行。商汤的时候，一阵西风吹来，把

奇肱国的飞车吹到了豫州地区。汤王悄悄地毁掉了他们的飞车，为的是不让当地百姓看见，以免惊吓到百姓。过了十年，又刮来一阵东风，汤王命令他们重新做好飞车再飞回去，这个神奇的奇肱国，离玉门关有四万里远。

商汤王立像
选自《历代帝后像》轴　佚名　收藏于中国台北故宫博物院

羽民国[①]，民有翼，飞不远。多鸾鸟[②]，民食其卵。去九疑四万三千里。

【注释】

① 羽民国：古代传说中的国名，那里的人脑袋长，还长有羽翼，可以飞行。据《山海经·海外南经》记载："羽民国在其东南，其为人长头，身生羽。一曰，在比翼鸟东南，其为人长颊。"郭璞注云："能飞不能远，卵生，画似仙人也。"

② 鸾鸟：凤凰鸟。

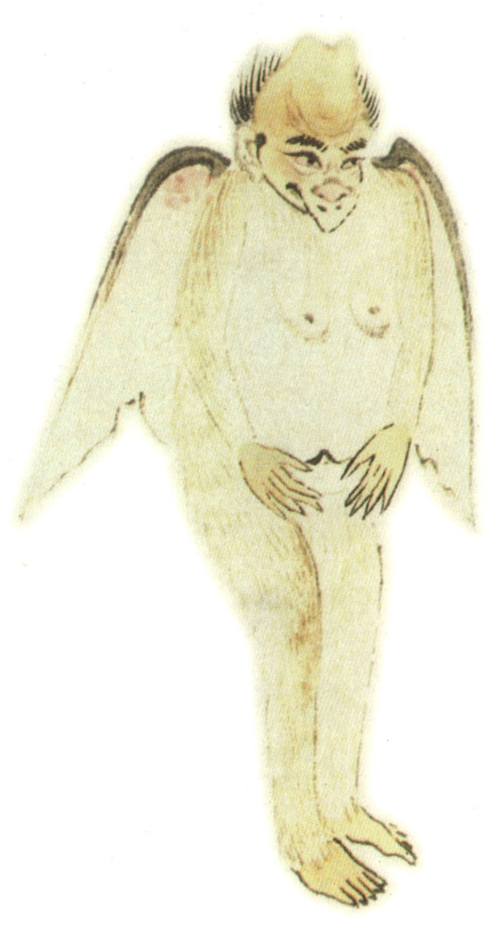

羽民国人像
选自《山海经图鉴》

【译文】

有一个国家叫羽民国，那里的人脑袋长，还有翅膀，但是不能飞远。当地生活着很多凤凰鸟，人们吃凤鸟的蛋。羽民国距离九嶷山四万三千里。

穿胸国[①]，昔禹平天下，会诸侯会稽[②]之野，防风氏[③]后到，杀之。夏德之盛，二龙降庭[④]。禹使范成光御之，行域外。既周而还至南海，经房风[⑤]，房风之神二臣以涂山之戮[⑥]，见禹使怒而射之，迅风雷雨，二龙升去。二臣恐，以刃自贯其心而死。禹哀之，乃拔其刃疗以不死之草[⑦]，是为穿胸民。

【注释】

① 穿胸国：据《山海经·海外南经》记载："贯胸国在其东，其为人匈有窍。"他们被认为是我国上古时期南方的一个族群。在神话传说中，穿胸族是个令人惊异的种族。他们胸口有一个大洞贯穿腹背，还能安然无恙地生活，这非常神奇。贯胸国人的奇异构造导致战场上，普通人类很难找准其心脏的位置，因此无法给他们致命一击。

② 会（kuài）稽：这里指山名，参见卷二第6条注释。

③ 防风氏：汪芒氏的部落首领。防风氏是中国上古时期神话传说中人物，属于巨人族，有三丈三尺高。据传防风氏是远古防风国（今浙江德清县）的创始人，又称汪芒氏。有说法认为，他是今天汪姓的始祖。

④ 二龙降庭：这里指因夏禹的美好德行，两条神龙降临到他的朝廷上。

⑤ 房风：也就是防风。

⑥ 涂山之戮：涂山，在今浙江绍兴。据传当时夏禹在会稽会盟诸侯，正是在涂山，夏禹杀了防风氏的首领，所以防风氏想到了"涂山之戮"。

⑦ 不死之草：指能让人起死回生的神草。

【译文】

有一个国家叫穿胸国。昔日夏禹平定了天下，召集各路诸侯前往会稽山野，有一个叫防风氏的部落首领迟到了，夏禹便在涂山杀了他。因为夏禹很有德政，所以有两条神龙降临到他的朝廷上。禹就派遣手下范成光驾驭神龙，到境外出游。走了一圈之后，他们回到了南海，在经过防风氏的领地时，防风氏的两个臣子因为禹杀了他们的首领，见到禹就非常愤怒，于是用弓箭朝着禹射去。突然，狂风大作，雷电交加，两条神龙飞升而去。那两个臣子见状非常害怕，认为自己触怒了神灵，于是便用刀刺穿自己的心自杀了。禹怜悯他们，于是将他们自杀的刀拔了出来，还用不死草把他们救活。这就是穿胸民的来历。

贯匈国人像
选自《山海经图鉴》

《禹王治水图》卷
（宋）赵伯驹　收藏于中国台北故宫博物院

禹，夏后氏首领、夏朝开国君王。据传，因禹治理黄河的功绩，舜禅让其君位给禹，禹死后安葬于会稽山。司马迁评其为：“维禹之功，九州攸同，光唐虞际，德流苗裔。”

交趾[①]民在穿胸东。

【注释】

① 交趾：交趾，应是“交胫”。据《山海经·海外南经》记载：“交胫国在其东，其人为交胫。一曰在穿匈东。”清朝毕沅《山海经新校正》中描述，交胫国人个子不高，身上长毛，足骨没有关节，他们走路格外小心，因为一旦摔倒就只能趴在地上，直到被人搀扶才能站起来。

【译文】

有一个叫交趾国的国家，那里人的两只脚胫是相互交叉的，其位置在穿胸国的东面。

孟舒国[①]民，人首鸟身。其先主为雷氏[②]，训百禽[③]。夏后之世[④]，始食卵。孟舒去之，凤皇随焉[⑤]。

【注释】

① 孟舒国：别名孟亏、孟戏。《事类赋》卷十八引《括地图》曰:“孟亏，人首鸟身，其先为虞氏，驯百禽。夏后之末世，民始食卵，孟亏去之，凤凰随焉，止于此。山多竹，长千仞，凤凰食竹实，孟亏食木实。去九疑万八千里。”孟舒国是中国神话中的一个国度，司掌训百禽，在南方定居。这个国家的祖先替虞舜驯服各种飞禽走兽。后来，

人们开始食用鸟卵，他们便向南方的山林迁移。凤凰跟随他们一起前往，到了南方，他们定居下来。南方山上生长了很多竹子，高有数百丈。凤凰以竹子果实为食物，孟舒国的百姓以树上的果子充饥。

② 雩氏：此处为误。据《扩地图》记载，应该是虞氏。

③ 训百禽：引申为驯御百禽。

④ 夏后之世：夏朝之后。

⑤ 孟舒去之，凤皇随焉：孟舒的人离开夏朝的时候，凤凰鸟跟随他们而去。

【译文】

有一个国家叫孟舒国，那里的人长着人头鸟身。先代首领叫虞氏，曾经负责驯服上百种鸟。到夏朝的时候，他们开始食用这些鸟的蛋。当孟舒的百姓离开夏朝的时候，凤凰跟随着他们而去。

异人

《河图玉板》[①]云：龙伯国[②]人长三十丈，生万八千岁而死。大秦国人长十丈，中秦国[③]人长一丈，临洮[④]人长三丈五尺。

【注释】

① 《河图玉板》：亦作《河图玉版》，是汉代方士依托于《山海经》创作的纬书《河图》中的一篇文章。

② 龙伯国：古代中国神话传说中的大人国。有龙伯巨人钓鳌鱼的传说，国中人称龙伯。

③ 中秦国：指国家名，位置不可考。

④ 临洮：据《河图龙文》记载："龙伯国人长三十丈，以东得大秦国人，长十丈。又以东十万里得佻国人，长三丈五尺。又以东十万里中秦国人，长一丈。"临洮，可能为佻国。临洮，地名，在今甘肃。

【译文】

《河图玉板》上说：龙伯国的人身高三十丈，能活一万八千岁。大秦国的人身高十丈，中秦国的人身高一丈，而临洮人身高三丈五尺。

禹[①]致宰臣于会稽，防风氏后至，戮而杀之，其骨专车[②]。长狄乔如[③]，身横九亩，长五丈四尺，或长十丈。

【注释】

① 禹：禹是上古时期夏后氏的首领，也是夏朝开国君王，史称大禹。相传禹因治理洪水有功，接受舜帝禅让，成为部落首领。在诸侯的拥戴下，禹正式即位，以阳城作为其都城。因为禹是夏朝的第一位君王，所以后人也称他为夏禹。禹是上古时代与伏羲、黄帝比肩的贤圣帝王，除了历来被传颂的“大禹治水”，禹还划定了九州，奠定了华夏一统的坚实基础。禹死后，安葬于会稽山。

② 其骨专车：防风氏的骨头装了满满一车。

③ 长狄乔如：长狄，春秋时狄族的一种。狄，分为赤狄、白狄和长狄。据传他们是防风氏的后代，体型高大。乔如，人名，长狄族的人。

【译文】

禹召集群臣前往会稽开会，防风氏的部落首领迟到了，禹便杀了他，还将防风氏的骨头装满一车。长狄族有个人叫乔如，他的身子横下来要占九亩地，身高五丈四尺，也有人说是身高十丈。

秦始皇[①]二十六年，有大人[②]十二见于临洮，长五丈，足迹六尺。东海之外，大荒之中，有大人国僬侥氏[③]，长三丈。《诗含神雾》[④]曰：东北极人长九丈。

【注释】

① 秦始皇：秦始皇嬴政，也称赵政、祖龙。他是中国古代杰出的政治家、战略家、改革家，也是第一次完成中国大一统的政治人物。前 221 年，秦统一六国后，秦王嬴政认为自己“德兼三皇，功过五帝”，于是采用三皇之“皇”、五帝之“帝”构成“皇帝”的称号。他是中国历史上第一个使用“皇帝”称号的君主，因此自称“始皇帝”。

② 大人：巨人。

③ 大人国僬侥氏：这里疑有误。据《山海经·海外南经》记载：“周饶国在其东，其为人短小，冠带。”《史记·孔子世家》记载：“僬侥氏三尺，短之至也。”周饶、僬侥都是小人国。下文中，“三丈”应为“三尺”明甚。

④ 《诗含神雾》：《法苑珠林》卷五《六道篇第四》引《诗含神雾》曰：“东北极有人长九寸。”

【译文】

秦始皇二十六年，在临洮出现了十二个巨人，他们身高五丈，足有六尺长。据说在东海海外最荒僻的地方，有大人国、小人国，小人国的人身高只有三尺。《诗含神雾》说：东北极地有一种人，身高只有九寸。

遣使求仙

选自《帝鉴图说》法文外销画绘本　（明）佚名　收藏于法国国家图书馆

郦道元《水经注》中记载：“秦始皇二十六年，长狄十二见于临洮，长五丈余，以为善祥，铸金人十二以象之，各重二十四万斤，坐之宫门之前，谓之金狄。皆铭其胸云：皇帝二十六年，初兼天下，以为郡县，正法律，同度量，大人来见临洮，身长五丈，足六尺。李斯书也。”

东方有螗螂、沃焦[①]。防风氏长三丈。短人处九寸[②]。远夷之名[③]雕题、黑齿、穿胸、儋耳、大竺[④]、岐首。

【注释】

① 螗螂、沃焦：指的是古代传说中的怪人。

② 短人处九寸：这里疑是“靖人长九寸”。靖人，指的是矮小的人。

③ 远夷之名：远方的国家。

④ 大竺：有学者考证，应该是“交趾”，国家名。

【译文】

在遥远的东方有两种怪人，他们是螗螂、沃焦。防风氏身高三丈。短小的靖人身高九寸。远方生活着很多外族，有雕题国、黑齿国、穿胸国、儋耳国、交趾国、岐首国。

子利国[①]，人一手二足，拳反曲[②]。

【注释】

① 子利国：疑当为“柔利国”，又称留利国、牛黎国，其位置在一目国的东边。

② 拳反曲：应是“脚反曲”，脚反卷的意思。

【译文】

有一个国家叫柔利国，那里的人只有一条胳膊和两条腿，他们的脚是反过来弯曲朝上的。

无启[①]民，居穴食土，无男女[②]。死埋之，其心不朽，百年还化为人。细民[③]，其肝不朽，百年而化为人。皆穴居处[④]，二国同类也。

【注释】

① 无启：指的是无膂（qǐ）国，神话传说中的国家名，其国民都不能生育子孙后代，故事记载于《山海经·海外北经》。

② 无男女：这里是引申义，指没有子女的意思。

③ 细民：细国的人。细，国家名。

④ 皆穴居处：都居住在洞穴。

【译文】

无膂国里的人住在洞穴里，吃泥土，没有子女。他们死后虽然会被埋掉，但他们的心不会腐烂，百年后还能复活转变成人。细国的人，他们死之后，肝脏不会腐烂，过了百年，他们也会复活。这两个国家的人都居住在洞穴里，还能死而复生，所以他们是同一类的国家。

蒙双[①]民，昔高阳氏有同产而为夫妇[②]，帝放之此野[③]，相抱而死。神鸟以不死草覆之。七年男女皆活，同颈[④]二头、四手，是蒙双民。

【注释】

① 蒙双：国名。

② 昔高阳氏有同产而为夫妇：昔，昔日，从前的意思。同产，意思是一儿一女。这里的意思是，高阳氏有一儿一女结为夫妇。

③ 帝放之此野：《搜神记》卷十四为“帝放之于崆峒之野”。

④ 同颈：相同的颈项。这里指两个人共用一个颈项。

【译文】

关于蒙双民的来历是这样的：很久以前，高阳氏有一儿一女，他们结为夫妇，高阳帝就把他们流放到原野上，两个人互相搂抱着死去。神鸟把不死之草覆盖到他们的身上。过了七年，这对男女都复活了，他们只有一个颈项，上面长着两个头，他们有四只手，这就是蒙双民了。

有一国亦在海中，纯女无男。又说得一布衣，从海浮出，其身如中国人衣，两袖长二丈。又得一破船，随波出在海岸边，有一人项中复有面[①]，生得，与语不相通，不食而死。其地皆在沃沮[②]东大海中。

【注释】

① 有一人项中复有面：有一个人颈部还有一张脸。

② 沃沮：古县名，其部落大概位于朝鲜半岛北部。《后汉书·东夷传》："东沃沮在高句骊盖马大山之东，滨大海……武帝灭朝鲜，以沃沮地为玄菟郡。"汉光武帝封他们的首领为沃沮侯，后属高句丽。

【译文】

还有一个国家也生活在大海中，那里只有清一色的女人，没有男人。据说他们发现了一件布衣服，是从大海里浮出来的，那件衣服的腰身与中原人的衣服没有什么区别，但是两只袖子竟然长达二丈。还有人发现了一条破烂的船，大概是随着海浪漂浮到海岸边来的，船上有个人的颈部还有一张脸，把他活捉后，跟他谈话，但言语不通，这个人不吃食物，便饿死了。那些怪人居住的地方都在沃沮东部的大海中。

《船》
（宋）佚名　收藏于美国克利夫兰艺术博物馆

南海外有鲛人[①]，水居如鱼，不废织绩[②]，其眠[③]能泣珠。

【注释】

① 鲛人：中国古代神话传说中的生物，鱼尾人身。据《搜神记》记载："南海之外，有鲛人，水居，如鱼，不废织绩。其眼，泣，则能出珠。"传说中，鲛人善于纺织，其眼泪是珍珠。李商隐有诗云："沧海月明珠有泪，蓝田日暖玉生烟。"

② 绩：把麻制作成线或绳。

③ 眠：其他一些版本为"眼"，只有眼才能流出眼泪，应是误写。

【译文】

在南海的外面生活着一种人叫鲛人，他们像鱼一样生活在大海里，他们一刻不停歇地纺织，他们眼里流下的泪会变成珍珠。

《海珍图》
（宋）刘松年　收藏于中国台北故宫博物院

化用“鲛人泣珠”传说的作品不计其数，杜甫有诗云：“神女花钿落，鲛人织杼悲。”唐代诗人李商隐《锦瑟》一诗中有云：“沧海月明珠有泪，蓝田日暖玉生烟。”

呕丝之野[①]，有女子方跪[②]，据树[③]而呕丝。北海外也。

【注释】

① 呕丝之野：据《山海经·海外北经》记载：“欧丝之野在大踵东，一女子跪据树欧丝。”呕丝，也就是欧丝，指的是吐丝的意思。

② 方跪：正跪着的意思。

③ 据树：靠着树。据，占据，引申为靠着的意思。

【译文】

在呕丝之野这个地方，有个女子正跪着，她靠在大树上吐丝。这个呕丝的地方在北海之外。

《妇女纺丝》 [日]葛饰北斋

我国居民很早就开始养蚕纺丝，相传黄帝的妻子嫘祖最早教人养蚕、缫丝纺绸，也因此嫘祖被尊为“先蚕”。因为“养蚕治丝”这项工作多为妇女所做，所以在神话传说中，“蚕”与“女”就被联系在一起，进而衍化出“欧丝之野”的传说。

江陵有猛人[①]，能化为虎。俗又曰虎化为人，好著紫葛衣[②]，足无踵。

【注释】

① 江陵有猛人：《太平御览》等书记载："江汉有貙人。"江陵，地名，今属湖北省。

② 好著紫葛衣：好，喜好。著，穿。葛衣，用葛布制作的粗布夏衣。

【译文】

在江陵有一种人叫貙人，他们可以变成老虎。人们还说，这种老虎能变成人形，变人形后喜欢穿紫色的粗布衣服，他们没有脚后跟。

《弘农渡虎图》
（明）朱端　收藏于北京故宫博物院

化虎到后世演变成了一个故事类型，《录异记》中就记载了另一则化虎故事："吉阳治，在涪州南，沂黔江三十里，得之。有像设，古碑犹在，物业甚多，人莫敢犯。涪州裨将兰庭雍妹，因过化中，盗取常住物，因即迷路，数日之内，身变为虎。其前足之上，银缠金钏，宛然犹存。每见乡人，隔树与语，云：我盗化中之物，变身如此，求见其母，托人为言之。母畏之，不敢往，虎来往郭外，经年渐去。"

日南[①]有野女，群行见丈夫[②]。状皛目[③]，裸袒无衣襣[④]。

【注释】

① 日南：古代的郡名，地域大概在今越南中部地区，治所在西卷（今越南广治东河市）。汉武帝元鼎六年（前111年）设郡，所管辖的地区主要包括越南横山以南到平定以北的地区，现今的顺化、岘港等地都在日南郡的范围内。到了东汉后期，日南郡南部兴起了林邑国（占婆国），他们不断侵犯蚕食日南郡，到了南齐以后，日南郡被撤废。

② 群行见丈夫：应是“群行觅夫”。苏轼曾写《雷州八首》之一，咏唱野女觅夫的事情：“旧时日南郡，野女出成群。此去尚应远，东风已如云。蚩氓托丝布，相就通殷勤。可怜秋胡子，不遇卓文君。”

③ 状皛（xiǎo）目：范校据《太平御览》卷七百九十引作“其体皛白”。皛白，即洁白的样子，更贴近文意。

④ 裸袒无衣襣（bó）：赤身裸体，没有穿衣服。

【译文】

在日南郡生活着野女，她们成群结队外出寻觅丈夫。她们长得白白净净，赤身裸体，什么衣服都不穿。

异俗

越[①]之东有骇沐[②]之国，其长子[③]生则解而食之，谓之宜弟[④]。父死则其母而弃之，言鬼妻不可与同居。周日用曰："既其母为鬼妻，则其为鬼子，亦合弃之矣。是以而蛮夷于禽兽、犬、豕一等矣，禽兽、犬、豕之徒犹应不然也。"

【注释】

① 越：这里指的是越国。越国是中国夏商、西周以及春秋战国时期的诸侯国，位于东南扬州之地。据《史记》记载，越国的始祖是夏朝君主少康的庶子无余，属于大禹的直系后裔。春秋末期，越国与吴国经常发生矛盾，还相互攻伐。此后，越国国君勾践即位，并通过"卧薪尝胆"成功消灭吴国。此后勾践还向北方出兵，渡过淮河，在徐州与齐、晋诸侯会合，向周王室进献贡品。越国的势力范围一度非常辽阔，北边曾到达齐鲁大地，东濒东海，西达今皖淮、赣鄱，雄踞东南一方。

② 骇沐：据《列子·汤问》记载："越之东有辄沐之国。"此处应该是"辄沐"，国名，和儋耳国很像。

③ 长子：第一个孩子。

④ 宜弟：宜，适宜。引申为对后生的孩子有好处。

【译文】

越国的东边有个叫骇沐的国家，那里的人长子出生就被肢解而食，说这样是为了对后生的孩子有好处。如果父亲死了，他们就会把母亲背到荒郊野外扔掉，扬言他们不能和鬼的老婆生活在一起。周日用说："既然他的母亲是鬼妻，那么他就是鬼子，应该一起被遗弃。因此这些蛮夷之人比禽兽、狗、猪还差一等，禽兽、狗、猪尚且不会这样。"

楚[①]之南有炎人[②]之国，其亲戚[③]死，朽之肉而弃之[④]，然后埋其骨，乃为孝也。

【注释】

① 楚：这里指楚国。楚国是先秦时期位于长江流域的诸侯国。国君为芈姓、熊氏。进入战国时期，楚悼王任用吴起实施变法。很快，楚国变得兵强马壮，具备了称雄称霸的基础。后来，楚宣王、楚威王时期，疆土西起大巴山、巫山、武陵山，东至大海，南起南岭，北至今河南中部、安徽和江苏北部、陕西东南部、山东西南部，幅员广阔。当时，楚国号称"带甲百万，车千乘、骑万匹"。

② 炎人：炎人，也作"啖人"。《墨子·鲁问》有记载："鲁阳文君语子墨子曰：'楚之南有啖人之国者桥，其国之长子生，则鲜而食之，谓之宜弟。美，则以遗其君，君喜则赏其父。岂不恶俗哉？'子墨子曰：'虽中国之俗，亦犹是也。

杀其父而赏其子，何以异食其子而赏其父者哉？苟不用仁义，何以非夷人食其子也？’”

③ 亲戚：指父母。

④ 朽之肉而弃之：《说文解字》：“歺，腐也，歺或从木。”可知朽，同“歺”，剔肉的意思。这里的意思是把肉剔除而丢弃掉。

【译文】

楚国的南边有个国家叫啖人国，如果他们的父母死了，他们就会剔除尸体上的肉丢弃掉，然后把父母的骸骨掩埋起来，这样才被认为是孝。

秦[①]之西有义渠[②]国，其亲戚死，聚柴积而焚之勋之，即烟上谓之登遐[③]，然后为孝。此上以为政，下以为俗，中国未足为非也[④]。此事见《墨子》。周日用曰：“此事庶几佛国之法且如是乎？中国之徒，亦如此也。”

【注释】

① 秦：春秋战国时在中国西北建立的诸侯国。秦国的国号来自地名，西周时，秦人首领秦非子因为给周王室养马有功，被周孝王封在秦地。秦地是指秦国最初的领地，主要位于今甘肃天水一带。于是，“秦”成了他们的族称，史称“嬴秦”。周幽王时期犬戎攻入镐京，秦襄公保卫

周王室有功，正式被封为诸侯国，“秦”成为国号。

② 义渠：中国古代国名，位于西部，分布在岐山、泾水、漆水以北，今甘肃省庆阳市和泾川县一带。春秋时期义渠族迅速发展，自称为王，因为与秦国时战时和。后来，周赧王四十五年（前270）被秦国所并，在那里置北地郡进行管理。

③ 登遐：这里引申为升天成仙的意思。遐，遥远的地方。

④ 中国未足为非也：中原地区的人也不去非议它。

【译文】

在秦国的西边，有个国家叫义渠国。当亲人去世，他们会堆积柴草焚烧熏烤尸体，如果烟气逐渐上升，就象征着死去的人可以登天成仙，以此作为孝顺的体现。这种习俗，官方把它当成一种政策看待，百姓把它当成一种风俗，中原地区的人也不去非议它了。这样的事情，在《墨子》中是有明确记载的。周日用说：“或许佛国的葬法就像这样吧？中原地区的这些人，也是这样啊。”

荆州[1]极西南界至蜀，诸民曰“獠子”[2]，妇人妊娠七月而产。临水生儿，便置水中。浮则取养之，沉便弃之，然千百多浮[3]。既长，皆拔去上齿牙[4]各一，以为身饰。

【注释】

① 荆州：这里的荆州是汉文典籍《禹贡》所描述的汉地九州之一。荆山在今湖北省南漳县，荆州大体相当于今湖北、湖南二省全境，由荆山一带直到衡山之南地域。荆州是汉族原居地区之一。

② 獠（lǎo）子：以前对南方少数民族的人的称呼。

③ 然千百多浮：然，但是的意思。千百多浮，千百个婴儿多数会浮起来。

④ 齿牙：指的是臼齿和门牙。

【译文】

荆州的最西南边界到蜀地一带，居住着被称为“僚子”的人，那里的妇女怀孕七个月就会生产。她们会到水边生孩子，一生下来就把孩子放到水里。如果孩子慢慢浮在水面上，她们就会抱回去哺育；如果孩子慢慢沉入水中，她们就会丢弃不管。但那些被放在水里的孩子多数会浮起来。等孩子长大，会把门牙、臼齿各拔下一颗，将其作为身上的装饰品。

《龙宿郊民图》
（南唐）董源　收藏于中国台北故宫博物院

《博物志》中记载的仪式，“妇人妊娠七月而产。临水生儿，便置水中。浮则取养之，沉便弃之，然千百多浮”，从神话学角度来看，可能是测探神意，或是做“再生”的模拟。诸如“黄帝以姬水成”“祝融降处江水”等神话中，水象征着生命的活力，意味着净化和重生。

毌丘俭[①]遣王颀[②]追高句丽王宫，尽沃沮[③]东界，问其耆老[④]，言国人常乘船捕鱼，遭风吹，数十日，东得一岛，上有人，言语不相晓。其俗常以七夕取童女沉海。

【注释】

① 毌（guàn）丘俭：三国时期曹魏后期的重要将领。三国时期，曾两次出塞远征，摧毁高句丽王国。

② 王颀：当时是毌丘俭的部下，担任太守。

③ 沃沮：古县名。参见卷二第 20 中的注释。

④ 耆（qí）老：古时六十为耆，七十为老。在这里泛指老人，尤其是指德行高尚的老人。

【译文】

三国时期，魏国大将毌丘俭派遣太守王颀攻打高句丽国的王宫，一直追到沃沮县东部边界，向那里的老人询问当地的情况，老人回答说：这里的人常常乘船到海上捕鱼，遭遇了狂风袭击，会在海上漂浮数十日，最后到达东边的一座岛上，岛上有人生活，与他们交谈，则言语不通。那里有一个风俗，在七月初七，会把童女沉入大海中。

交州[①]夷名曰俚子[②]。俚子弓长数尺，箭长尺余，以燋铜为镝[③]，涂毒药于镝锋，中人即死。不时敛藏[④]，即膨胀沸烂[⑤]，须臾燋煎[⑥]都尽，唯骨耳。其俗誓不以此药法语人。治之，饮妇人月水及粪汁，时有差者[⑦]。唯射猪犬者，无他，以其食粪故也。燋铜者，故烧器。其长老唯别燋铜声[⑧]，以物杵之，徐听其声，得燋毒者，便凿取以为箭镝。

【注释】

① 交州：古地名。东汉时期，建安八年（203年），汉献帝改交趾刺史部为交州，管辖今中国广东、广西大部和越南北部地区，治所在番禺。到了三国时期，吴国把交州分为广州和交州。此后，交州的辖境减小，管辖今越南北部和中部、广东雷州半岛和广西南部，治所在龙编（今越南河内东）。

② 俚子：古时对南方一些少数民族的称呼。

③ 以燋(jiāo)铜为镝：燋铜，是一种含有毒素的铜。镝(dí)：指的是箭头。

④ 不时敛藏：敛，通“殓”。这里指殡葬，给死去的人穿上衣服下葬。

⑤ 膨胀沸烂：这里指膨胀溃烂。

⑥ 燋煎：参考《稗海》，应是“肌肉”。

⑦ 时有差(chài)者：有时也有治好的。差，病除。后作“瘥。”

⑧ 其长老唯别燋铜声：那里只有一些智慧老者才能分辨燋铜的声音。

◀《望海楼图》
（明）佚名　收藏于中国台北故宫博物院

【译文】

在交州生活的少数民族叫俚子，他们的弓有好几尺长，箭有一尺多长。他们还用燋铜打造箭头，又把毒药涂在箭锋上，被这种毒箭射到，人立即就会死掉。如果不及时下葬，尸体就会膨胀溃烂，过不了多久，肌肉也会全部烂掉，只剩下骨头。那里有个风俗，当地人发誓不能把制作毒箭的方法泄露给他人。治疗这种毒箭的方法是喝妇女的月经和粪水，偶尔能治愈。这种毒箭，只有射到猪狗的身上才不会造成损伤，因为它们常常吃粪的缘故。燋铜，原本是用来烧饭的器具。只有一些智慧老者才能分辨出燋铜的声音，他们拿棒子敲击，慢慢地倾听铁器发出的声音，从中找到那些带毒的燋铜，便把它们凿下来，用来制造箭头。

景初[①]中，苍梧[②]吏到京，云："广州西南接交州数郡，桂林、晋兴、宁浦间人有病将死，便有飞虫大如小麦，或云有甲，在舍上[③]。人气绝，来食亡者。虽复扑杀有斗斛[④]，而来者如风雨，前后相寻续，不可断截，肌肉都尽，唯余骨在，便去尽。贫家无相缠者[⑤]，或殡殓不时，皆受此弊。有物力者，则以衣服布帛五六重裹亡者。此虫恶梓木[⑥]气，即以板鄣防左右[⑦]，并以作器，此虫便不敢近也。入交界更无，转近郡亦有[⑧]，但微少耳。"

【注释】

① 景初：三国时期魏国魏明帝曹叡（ruì）年号（237—239）。

② 苍梧：郡名，西汉元鼎六年（前 111 年）所置，治所在

广信（今广西省梧州市），所辖现今广东佛山肇庆、广西梧州一带，即西江与贺江交汇一带。

③ 或云有甲，在舍上：据《太平寰宇记》卷百六十六引作“或云有甲，尝伺病者居舍上，候人气绝”。这里宜据补。

④ 斗斛（hú）：这是中国古代的量器名，也是容量单位。原本一斛是十斗，后来改为五斗。

⑤ 贫家无相缠者：贫穷的家庭没有缠裹死人的布料。

⑥ 梓木：一种落叶乔木，木材可以用来制作建筑或者器物等。这里指适合做棺木。

⑦ 鄣（zhàng）：同“障”，障碍。

【译文】

三国魏明帝景初年间，苍梧郡的官吏来到京城，说道：“广州西南挨着交州的几个郡，即桂林、晋兴、宁浦一带，当有人快要死的时候，大量飞虫就会出现。这些飞虫和小麦一样大，有人还说它们带有甲壳，经常停在房舍上窥伺将死的人，人一旦断气，它们就飞下来吃尸体。人们虽然反复扑打，打死的飞虫都成斗上斛，但更多的飞虫又飞来了，持续不断，根本没有方法阻挡它们。最后尸体上的肉全部被吃完了，只有骨头剩下来，这些飞虫便全部飞走了。贫穷的家庭没有缠裹死人的布匹，或者入殓不及时，尸体都会受到这些飞虫的伤害。富裕的家庭，因为有物力，所以可以用五六层衣服缠裹尸体。这些飞虫厌恶梓木散发出的气味，所以人们就把梓木板放在尸体的两旁作为遮挡，还把梓木做成棺材，这样这些飞虫就不敢靠近了。到了交州境内，这种飞虫就消失了，而附近几个郡还有这种飞虫，只是数量少一些罢了。”

梓

选自《本草图谱》 [日]岩崎灌园 收藏于日本东京国立国会图书馆

梓抗污染能力较强，有杀虫能力。古人在宅旁喜植桑与梓，作为养生送死之具，所以“桑梓”后来用来指代故乡。

异产

汉武帝[①]时，弱水[②]西国有人乘毛车以渡弱水来献香者，帝谓是常香，非中国之所乏，不礼其使[③]。留久之，帝幸上林苑，西使千乘舆闻[④]，并奏其香。帝取之看大如燕卵，三枚，与枣相似。帝不悦，以付外库。后长安中大疫，宫中皆疫病，帝不举乐[⑤]。西使乞见，请烧所贡香一枚，以辟疫气[⑥]。帝不得已听之，宫中病者登日并差。长安中百里咸闻香气，芳积九十余日，香犹不歇[⑦]。帝乃厚礼发遣饯送。

【注释】

① 汉武帝：西汉第七位皇帝刘彻，杰出的政治家、战略家、文学家，被称为汉武大帝。

② 弱水：据《山海经》记载："昆仑之北有水，其力不能胜芥，故名弱水。"众水都是向东流，而弱水却向西流。弱水上源在今甘肃省内的山丹河，下游在山丹河与甘州河合流后的黑河，入内蒙古境后，称额济纳河。

③ 不礼其使：没有礼遇他们的使者。

④ 西使千乘舆闻：西方使者拜见，想让汉武帝听到。千，应为"干"字，求谒的意思。

⑤ 帝不举乐：汉武帝没有心思命人奏乐。

⑥ 以辟疫气：辟，祛除的意思。用香料祛除疫病。

⑦ 香犹不歇：香气仍然没有消散。

【译文】

汉武帝时期，弱水西边的国家派遣使者坐着毛车渡过弱水到汉朝上贡香料，汉武帝认为那是普通的香料，并不是中国所缺乏的，就没有礼遇他们的使者。使者逗留了很久，有次碰到汉武帝到上林苑游玩，便前去拜见汉武帝，并献上那些香料，汉武帝取出香料一看，香料如燕子的蛋一般大，一共有三枚，和枣很相似。汉武帝很不高兴，就让人把香料放到了外库保存。后来，长安发生了严重的瘟疫，宫中的人都染上了疫病，汉武帝没有心思命人奏乐。西方使者再次求见，请求燃烧一枚所上贡的香料，用来祛除瘟疫。汉武帝无奈之下，只好听从使者的建议，宫里的病人很快就痊愈了。整个长安城方圆百里都能闻到香气，芳香持续了九十多天还没有消失。最终汉武帝备了一份大礼，派了很多人为这位使者饯行。

汉武帝像

选自《帝王道统万年图》 （明）仇英 收藏于中国台北故宫博物院

汉武帝刘彻，十六岁继承皇位，在位五十四年，功绩甚大：对内为加强中央集权，颁行推恩令，不拘一格录用人才，实行尊崇儒术的文化政策；对外多次出击匈奴，维护国家安定，命张骞出使西域联系汉与西域各族。汉武帝晚年迷信神仙方术，曾多次出巡，挥霍无度，以致社会矛盾日益尖锐，关东流民达二百万，农民起义频繁。

一说汉制献香不满斤不得受[①]。西使临去，乃发香气[②]，如大豆者，拭著[③]宫门，香气闻长安数十里，经数日乃歇。

【注释】

① 一说汉制献香不满斤不得受：这里是紧跟上一条，是关于西方使者献香的另一个版本。

② 发香气：应是“发香器”。发，打开的意思。香器，装香料的器皿。

③ 拭著：涂抹的意思。

【译文】

关于西海国使者献香的故事，还有一种说法：按照汉朝的规矩，献香不满一斤的不会被接受。使者临走的时候，打开装香料的盒子，从里面取出来一颗大豆一般大的香料，然后把它涂抹在宫门上，香料散发的气息弥漫了长安城数十里远，过了数月才消散。

《女乐图》▶
（明）仇珠　收藏于北京故宫博物院

日常生活中，汉代人已经学会用香料美容养颜、滋润头发、清洁卫生以及保养身体的方法。如任昉的《述异记》就记载了宫廷焚香养生的习惯：“丹国所出，汉武帝时入贡。每至大寒，于室焚之，暖气翕然自外而入，人皆减衣。”

汉武帝时，西海国[①]有献胶五两者，帝以付外库。余胶半两，西使佩以自随。后从武帝射于甘泉宫[②]，帝弓弦断，从者欲更张[③]弦，西使乃进，乞以所送余香胶续之，座上左右莫不怪[④]。西使乃以口濡胶为水注断弦两头[⑤]，相连注弦，遂相着。帝乃使力士各引其一头，终不相离。西使曰：“可以射。”终日不断，帝大怪，左右称奇，因名曰续弦胶。

【注释】

① 西海国：古国名，确切范围不详，有人说在阿拉伯海、波斯湾、红海西北部，也有人说即地中海地区的大秦。

② 甘泉宫：历史上曾经有两个甘泉宫，一个甘泉宫是渭河南边的秦国甘泉宫（秦太后居住地），是秦惠文王时期建立的；另一个甘泉宫是渭河北面的汉朝甘泉宫，是当时仅次于长安城的重要地方，这个甘泉宫是汉武帝改造秦林光宫而建成的，所谓林光宫由秦二世所建。本文的甘泉宫指的是汉朝甘泉宫。

③ 更张：更换弓弦。

④ 莫不怪：没有不奇怪的。

⑤ 以口濡胶为水注断弦两头：用口水濡湿胶为水状，涂在断弦的两头。

【译文】

汉武帝时期，西海国有使者上贡五两胶，汉武帝把这些胶放到了外库保管。剩下的胶还有半两，西海国使者便随身携带。后来，汉武帝在甘泉宫射猎，弓弦突然断了，旁边的随从准备重新更换弓弦。西海国使者走上前去，请求用剩下的香胶把断弦粘好，在场的人没有不奇怪的。只见西海国使者用口水濡湿香胶为水状，涂在断弦的两头，断弦就连接了起来。汉武帝叫两个大力士用力拉扯重新接上的断弦的两侧，却始终不能把它们分离。西海国使者说："可以射箭了。"过了一整天，弦也没有断裂，汉武帝非常震惊，左右的侍从都纷纷称赞，因此这种胶就被称为续弦胶。

《猎鹿图》
佚名　收藏于美国纽约大都会艺术博物馆

《周书》[①]曰：西域[②]献火浣布[③]，昆吾氏[④]献切玉刀[⑤]。火浣布污则烧之则洁，刀切玉如腊。布，汉世有献者，刀则未闻。

【注释】

① 《周书》：这本书是儒家整理《尚书》所逸，也称《逸周书》，记录周史，是中国古代历史文献汇编。作品主要依次记载周文王、武王、周公、成王、康王、穆王、厉王到景王年间的时事。

② 西域：这里指西戎部落。西戎是古代中原地区对西方诸部落的统称。

③ 火浣布：指的是用石棉纤维纺织而成的布。因为这种布具有不燃性，在火中能去污垢，在中国早期史书中，也被称为“火烷布”。

④ 昆吾氏：中国先秦时期的氏族部落。其氏族部落世世代代居住在昆吾附近（今山西省安邑县一带），因此得名。

⑤ 切玉刀：据传，这是天下最锋利的宝刃。

【译文】

《周书》记载：西戎献上火浣布，昆吾氏进献切玉刀。如果火浣布变脏了，只要烧一烧它就会变得非常干净；用切玉刀切玉石，就像切腊一样。汉代有进献火浣布的事迹，至于献切玉刀的事则从未听说过。

《职贡图》卷
（明）仇英　收藏于北京故宫博物院

画卷描绘边疆民族进京朝贡的场景。朝贡，是为达到归顺或结盟等目的，一方将财物等贡献给另一方。例如，臣民或是藩属国使者献礼君主。据《禹贡·疏》载：“贡者，从下献上之称，谓以所出之谷，市其土地所生异物，献其所有，谓之厥贡。”一般来说，异国进贡的物品都是中国内陆地区难得一见的奇珍异宝。

魏文帝[①]黄初三年，武都[②]西都尉[③]王褒献石胆二十斤。四年，献三斤。

【注释】

① 魏文帝：指曹丕，三国时期魏国开国皇帝，是一个文武双全的皇帝。

② 武都：郡名，在今甘肃省境内。秦汉时开始设置，郡治在今成县以西。

③ 西都尉：应是“西部都尉”。三国时期，武都并没有分东西两部。据《太平御览》中九百八十七引，作“武都西部都尉”。

【译文】

魏文帝黄初三年，武都郡西部都尉王褒献上石胆二十斤。黄初四年．再次进献三斤。

魏文帝像▶
选自《古帝王图》卷 （唐）阎立本 收藏于美国波士顿美术馆

魏文帝曹丕，魏武帝曹操之子，三国时期政治家、文学家。魏文帝文韬武略，博览经传，政治上，他在位期间，统一了北方；文学上的成就也巨大，他与父亲曹操和弟弟曹植合称“三曹”，并和魏晋诸人一道，开启了一个文学自觉的时代。

魏文帝曹丕

临邛[①]火井[②]一所，从广五尺[③]，深二三丈。井在县南百里。昔时人以竹木投以取火，诸葛丞相往视之。后火转盛热，盆盖井上，煮盐得盐。入以家火即灭，讫今不复燃也。酒泉延寿县[④]南山名火泉，火出如筥。

【注释】

① 临邛：县名。秦惠更元九年（前316年）置临邛县（今四川省邛崃市临邛镇），临邛县属蜀郡。

② 火井：蜀郡有火井，在临邛县西南。火井，也就是天然气井。

③ 从广五尺：结合下文“深二三丈”，这里应该是“纵广五尺”，是直径或宽的意思。

④ 酒泉延寿县：酒泉，郡名。因“城下有金泉，其水若酒”而得名。汉武帝元狩二年在此地设立郡县，管辖黄河以西的广大地区。延寿县，在今玉门境内。

【译文】

临邛县有一口火井，井口宽五尺，深有二三丈。位置在县南一百里处。以前当地的人把竹木投入井中来取火，诸葛亮曾经到那里考察过这件事。后来，火井的火势越来越旺，温度也越来越高，用盆盖在井上来煮水，就能得到盐粒。有人拿来家火，然后投入盐井中，火立刻就熄灭了，一直到今天也没有再次燃烧起来。在酒泉郡延寿县南山，那里有一个很有名的火泉，从火泉里喷出来的火就像圆形的竹筐一样。

煮盐▶
选自《金石昆虫草木状》　（明）文俶　收藏于中国台北图书馆

徐公曰：西域使王畅说石流黄[①]出足弥山[②]，去高昌[③]八百里，有石流黄数十丈，从广五六十亩。有取流黄，昼视孔中，上状如烟而高数尺。夜视皆如灯光明，高尺余，畅所亲见之也。言时气不和，皆往保此山[④]。

【注释】

① 石流黄，指的是硫黄，可以用来制作火药，也可以入药。

② 足弥山：也称且弥山。汉代西域有且弥国，且弥山应该在该国境内。

③ 高昌：郡名，高昌郡，旧城在今新疆吐鲁番境内。

④ 皆往保此山：都去这座山寻求保佑。

【译文】

徐公说：西域使王畅上报，硫黄矿出自足弥山，这座山离高昌郡有八百里远，那里的硫黄有几十丈高，方圆达五六十亩地。有人从当地取回有孔穴的硫黄，白天看去，上面冒着青烟，高数尺。晚上看去，像是点燃的灯一样明亮，光亮高二尺多，这些都是王畅目睹的事情。生活在足弥山的人说，只要天地间的阴阳不和，大家都会前往这座山，寻求保佑。

硫黄▶
选自《金石昆虫草木状》（明）文俶 收藏于中国台北图书馆

榮州土硫黃

卷三

导读

本卷主要分五篇，分别是《异兽》《异鸟》《异虫》《异鱼》《异草木》。本卷广泛记载了大量奇特的花、木、虫、鱼、鸟、兽等。阅读本卷，读者仿佛走进了一个神奇的世界，思绪不禁自由翱翔，有时候也会心惊胆战。个别内容摘录过来时，容易出现漏字，或者两条合并到一条的现象，因此给读者阅读造成一些困扰。不过，这些问题都在译注的过程中得到了妥善的解决。

《异兽》篇介绍了在老虎脸上撒尿的猛兽，还有令狮子俯首称臣的怪兽，感人肺腑的南贡雌象等，它们让人久久不能忘怀。人面能言的猩猩，以虎豹为食的文马，割肉复生的越嶲牛……尤其是盗妇的猴玃，作者将其描写得惟妙惟肖，丰富细腻，是一篇非常完整的志怪微型小说。

《异鸟》篇介绍了双飞的比翼鸟、一足一翼一目的鸟、还有衔木石填大海的精卫鸟……，这些鸟类都各具特点，非常神奇，拥有着不为人知的故事。

《异虫》篇介绍了头能飞的落头虫，让人发毒疮的射工虫，还有六足四翼的肥遗蛇等。其中有一种蛇，长着两个头，孙武夸赞其是高超的军事家。

《异鱼》篇介绍了起死回生的鱼、无头无眼无内脏的鱼、形体和牛一样的鱼，还有被切成生鱼片后能还原的怪鱼等。这些鱼都有超凡的本领，是千古奇谈的鱼类典范。

《异草木》篇介绍了帝女死去幻化而成的姑瑶草，可以辨别佞人的指佞草，还有让人忍俊不禁的菌类……，众多各有特性的动植物，虽然都是古人虚构的，但其想象力让人惊叹。即便已经过了上千年，这些故事仍然充满着巨大的魅力。

《怪奇鸟兽图》卷（局部）
[日]佚名　收藏于日本成城大学图书馆

鸑鷟
精衛
鵸鵌
鴸
駝鶏
瞿如
白雉

异兽

汉武帝时，大苑[①]之北胡人有献一物，大如狗，然声能惊人，鸡犬闻之皆走，名曰猛兽。帝见之，怪其细小。及出苑中[②]，欲使虎狼食之。虎见此兽即低头着地，帝为反观，见虎如此，欲谓下头作势，起搏杀之。而此兽见虎甚喜，舐唇摇尾，径往虎头上立，因搦虎面[③]，虎乃闭目低头，匍匐不敢动。搦鼻下去，下去之后，虎尾下头去。此兽顾之，虎辄闭目。

【注释】

① 大苑：也就是大宛（yuān）。大宛，古代中亚的一个国家。汉代时，泛指居住大宛附近的国家和居民，大概在今天的费尔干纳盆地附近。

② 及出苑中：于是将怪兽放到林苑里。

③ 因搦虎面：然后就在老虎脸上撒尿。搦，撒尿。

【译文】

汉武帝时期，从大宛国的北边来了一个胡人，他进献了一只动物，身形像狗那么大，叫声很吓人，鸡狗听到这声音都会逃跑，所以被称为猛兽。汉武帝看到它后，觉得很惊诧，

这只猛兽长得如此之小。于是，就把它放进林苑里，想让老虎豺狼吃掉它。谁知老虎看到这只猛兽，立刻就把头低下来贴着地面，汉武帝想错了，他看到老虎这种样子，认为低头蓄势，准备跃起而搏斗并吃掉这只猛兽。但这只猛兽看到老虎非常高兴，舔舔嘴唇，摇摇尾巴，径直跳到老虎的头上站着，还在老虎的脸上撒尿。老虎却闭着眼睛低着头，匍匐在地一点都不敢动。猛兽撒完尿，才从老虎的头上跳下来。这时老虎仍然低垂着尾巴，才敢慢慢抬起头。当猛兽回头看它的时候，老虎就会吓得立刻闭上眼睛。

《贲虎图》轴
（明）商喜

后魏武帝[①]伐冒顿[②]，经白狼山[③]，逢狮子。使人格之，杀伤甚众。王乃自率常从军数百击之，狮子哮吼奋起，左右咸惊。王忽见一物从林中出，如狸，起上王车轭[④]。狮子将至，此兽便跳起在狮子头上，即伏不敢起。于是遂杀之，得狮子一。还，来至洛阳，三十里鸡犬皆伏，无鸣吠。

【注释】

① 魏武帝：即曹操，沛国谯县（今安徽省亳州市）人。中国古代杰出的政治家、军事家、文学家、书法家。

② 冒顿（mò dú）：指的是匈奴族军事统帅冒顿单于。秦二世元年（前 209 年），冒顿杀父而自立，成为匈奴单于。冒顿第一次统一了北方草原，建立起一个强大的匈奴帝国。本处应该是“蹋顿”。蹋顿，辽西郡（今辽宁省义县）人，乌桓族，东汉末年历史人物，部落大人丘力居的侄子。

③ 白狼山：古代的山名，位于今辽宁省朝阳市喀左县境内，是著名的白狼山之战发生地。旧地在白狼县故城址（白狼城）南，也就是今喀左县白塔子镇大阳山。东汉时期，隶属幽州管辖，是乌桓的领地。建安十二年（207 年），曹操率大军北征乌桓，同年八月，曹军登上白狼山，斩杀乌桓首领蹋顿。

④ 车轭（è）：车辕前端用来控制牛、马脖子的器具。

【译文】

后来，魏武帝曹操讨伐乌桓族首领蹋顿，路过白狼山的时候，遇到了一头狮子。曹操让人攻击狮子，被狮子咬伤的人很多。曹操就亲自率领几百名士兵围攻狮子，狮子咆哮着跳了起来，大家都被吓到了。忽然，曹操看到有只怪兽从树林里跑出来，样子很像狐狸，轻松就跳上了曹操的车轭。狮子将要扑过来的时候，这只怪兽就跳到狮子的头上，狮子马上伏在地上，不敢站起来。于是大家就一起杀掉了狮子，获猎狮子一只。大军返程到了洛阳，方圆三千里的鸡狗都趴在地上，不敢发出一丝声音。

狮子
（清）佚名　收藏于中国台北故宫博物院

九真[1]有神牛，乃生溪上，黑出时共斗，即海沸，黄或出斗，岸上家牛皆怖，人或遮[2]则霹雳，号曰神牛。

【注释】

① 九真：九真郡，中国古代行政区。前3世纪末南越赵佗设置，后来入汉。九真郡位于今越南中部，清化、河静两地东部地区。

② 或遮：据《太平御览》卷八百九十九“牛中”条有：“人或遮捕即霹雳。”这里应该是“遮捕”，要是捕捉的意思。

【译文】

九真郡有一种神牛，它生活在溪水中，有时候，黑牛出来搏斗，海水就会沸腾，黄牛出来搏斗时，岸上那些家牛都非常害怕，人要是捕捉它，它就会爆发出霹雳般的喊叫声，那里的人称它是神牛。

昔日南[1]贡四象，各有雌雄。其一雄死于九真，乃至南海百有余日，其雌涂土著身，不饮食，空草。长史问其所以，闻之辄流涕[2]。

【注释】

① 日南：是古代的郡名，参见卷二第24条注释。

② 流涕：流眼泪。

【译文】

很久以前，日南郡上贡了四头大象，有雌的有雄的。其中一头雄象死在了九真郡，于是在去南海的一百多天的路上，那头雌象把土涂到自己的身上，不吃不喝，常常坐卧在草丛上。长史询问其中的缘由，雌象听了就流出了眼泪。

《洗象图》（局部）
（明）佚名　收藏于美国华盛顿弗利尔美术馆

越嶲国[①]有牛，稍割取肉，牛不死，经日肉生如故。

【注释】

① 越嶲国：应是越嶲郡。越嶲为三国时期郡名，有着悠久的历史，因越过嶲水设郡县而得名。今为四川越西，地处四川西南部，位于凉山彝族自治州北部。

【译文】

越嶲郡有一种牛，从它的身上割少许肉下来，牛并不会死。而且过了一天，伤口还会重新愈合，恢复如初。

大宛国[①]有汗血马[②]，天马种，汉、魏西域时有献者。

【注释】

① 大宛国：古代中亚国名，参见卷三第1注。

② 汗血马：这是最古老、最独特的马种之一，以速度、耐力、智慧和独特的金属光泽而闻名天下，是一种能够忍受高温，还可以长距离奔驰的宝马。

【译文】

大宛国盛产汗血宝马，这种马属于天马一类，汉、魏时期，西域时常有人进献汗血宝马。

文马[1]，赤鬣身白，目若黄金，名吉黄[2]之乘，复蓟之露犬[3]也。能飞，食虎豹。

【注释】

① 文马：据《山海经·海内西经》记载："犬封国曰犬戎国，状如犬。有一女子，方跪进柸食。有文马，缟身朱鬣（liè），目若黄金，名曰吉量，乘之寿千岁。"所以，这里应该是"犬戎文马"。

② 吉黄：这是神马名，也叫吉量、古黄等。

③ 复蓟之露犬：复蓟，疑是渠叟，古西戎国名。露犬，指的是传说中的兽名。

【译文】

在犬戎国有一种花纹马，它有红色的鬣毛和白色的腰身，两只眼睛金光闪闪，它的名字叫吉黄马，原是渠叟国的野兽。会飞，以虎豹为食。

《九马图》（局部）
（元）任仁发　收藏于美国密苏里州纳尔逊·阿特金斯艺术博物馆

八骏巡游
选自《帝鉴图说》法文外销画绘本　（明）佚名　收藏于法国国家图书馆

“马政”大大增强了汉朝的军事实力。《史记·匈奴列传》记载：“冒顿纵精兵四十万骑围高帝于白登，七日，汉兵中外不得相救饷。匈奴骑，其西方尽白马，东方尽青駹马，北方尽乌骊马，南方尽骍马。”骑兵军团的战马数量多到可以按照毛色分类，其军事实力之强大可见一斑。

《养马图》
（清）佚名　收藏于美国华盛顿弗利尔美术馆

对马的空前重视，使得官方养马与民间养马活动逐渐兴起。《史记・平准书》记载，汉景帝“益造苑马以广用”，颜师古注引如淳曰据《汉仪注》说到“苑马”经营的规模：“太仆牧师诸苑三十六所，分布北边、西边。以郎为苑监，官奴婢三万人，养马三十万匹。”

《六骏图》
（南宋）赵伯驹　收藏于美国纽约大都会艺术博物馆

《史记·乐书》说：“（汉武帝）尝得神马渥洼水中，复次以为太一之歌。歌曲曰：‘太一贡兮天马下，霑赤汗兮沫流赭。骋容与兮跇万里，今安匹兮龙为友。’后伐大宛得千里马，马名蒲梢，次作以为歌。歌诗曰：‘天马来兮从西极，经万里兮归有德。承灵威兮降外国，涉流沙兮四夷服。’”能让汉武帝如此高兴，绝不仅仅是因为此马是数一数二的良马，更是因为这匹马彰显了汉朝与西域的文化沟通交流以及友好关系。

蜀山[①]南高山上，有物如猕猴，长七尺，能人行，健走，名曰猴玃[②]，一马化，或曰猳玃。同行道妇女有好者，辄盗之以去，人不得知。行者或每遇其旁，皆以长绳相引，然故不免。此得男女气，自死，故取男也[③]。取去为室家[④]，其年少者终身不得还。十年之后，形皆类之，意亦迷惑，不复思归。有子者辄俱送还其家，产子皆如人，有不食养[⑤]者，其母辄死，故无敢不养也。及长与人无异，皆以杨为姓，故今蜀中西界多谓杨率皆猳玃、马化之子孙，时时相有玃爪也。

【注释】

① 蜀山：据《太平寰宇记》卷七十五记载，此处应是“蜀中西南高山上”。

② 猴玃（jué）：一种体形很大的猴类，和猕猴很像但更大，肤色苍黑，常常左顾右盼，可以劫持人。

③ 此得男女气，自死，故取男也：据《太平御览》卷九百一十记载，此处应为“此能别男女气臭，故取女不取男”，这样文意更通。臭，气味的意思。

【译文】

在蜀地西南边的高山上生活着一种怪物，它的外形类似猕猴，有七尺长，可以和人一样直立行走，非常善于奔跑，名叫猴玃，又叫马化，还有人叫它猳玃。如果走在这片道路上的妇女长得漂亮，就会被猴玃掳走，一起同行的人都不知道。后来，从这里走过的人都会用长绳相互牵引着，但还是不能幸免。这种怪物可以辨别男女身上不同的气味，所以只掳走女人，而舍下男人。把这些女人掳走后，将她们作为自己的老婆，那些年轻的女人可能一辈子都不能回家了。过了十多年，这些女人的外形也越来越像这种怪兽，心智也被迷惑，不再想回家了。若是她们生了孩子，母子一起被猴玃送回家，生下来的孩子都和人一样。若是有不愿意养孩子的，母亲就会被杀死，所以没有人敢不抚养孩子。这些孩子长大了和人没有什么区别，他们都以杨为姓，因此现在蜀中西边的人说姓杨的大多都是猴玃、马化的子孙后代，这些人往往有像猴玃一样的爪子。

《猿鹿图》
（南宋）佚名　收藏于美国纽约大都会艺术博物馆

古代文学作品中常常有猿猴窃人的传说，如《尔雅》中即有“玃父善顾”之说，郭璞注：“貑玃也，似猕猴而大，色苍黑，能玃持人，好顾眄。”西汉焦延寿《易林》中也有记录：“南山大玃，盗我媚妾；怯不敢逐，退然独宿。”到了后世，猿猴窃人妻妾逐渐演变为一种故事类型，相类似的故事层出不穷，如《补江总白猿传》，《太平御览》中也有类似故事的记载。

小山有兽，其形如鼓，一足如夔[①]。泽有委蛇，状如毂，长如辕，见之者霸。

【注释】

① 夔（kuí）：这是古代中国神话传说中的一条腿的怪物。据《说文解字》记载："夔，如龙，一足。"

【译文】

山里有一种怪兽，它的外形和鼓一样，只有一条腿，像夔一样。湖泽里有一种怪物名叫委蛇，外形和车毂一样，腰身有车辕那么长，据说看到它的人可以称霸天下。

明代掐丝珐琅夔龙纹尊
收藏于中国台北故宫博物院

《山海经·大荒东经》中记载："东海中有流波山，入海七千里，其上有兽，状如牛，苍身而无角，一足。出入水则必风雨，其光如日月，其声如雷，其名为夔，黄帝得之，以其皮为鼓，橛以雷兽之骨，声闻五百里，以威天下。"后世在钟鼎彝器等青铜器上经常会画有夔纹，寓意尊贵、吉祥。

猩猩[1]若黄狗，人面能言。

【注释】

① 猩猩：形状像长毛猿的兽类。猩猩是中国古代神话传说中的异兽，见载于《山海经》。

【译文】

猩猩长得像黄狗，它有人一样的面孔，还会说话。

异鸟

崇丘山有鸟，一足，一翼，一目，相得而飞，名曰虻[①]。见则吉良[②]，乘之寿千岁。

【注释】

① 虻 (méng)：据《山海经·西山经》记载："……有鸟焉，其状如凫，而一翼一目，相得乃飞，名曰蛮蛮，见则天下大水。"这里应该是"蛮蛮"，蛮蛮是中国古代传说中的鸟名，记载于《山海经》，又名鹣鹣、比翼鸟。比翼鸟，色青赤，不比不能飞，与此契合。

② 吉良：也就是吉量马。郭璞注："量，一作良。"

【译文】

在崇丘山生活着一种鸟，只有一只脚、一只翅膀和一只眼睛，只有两只鸟并在一起才能飞起来，这种鸟叫蛮蛮。看到这种鸟，就像见到吉量神马一样使人吉利，倘若乘上这种鸟，可以活千岁。

比翼鸟[①]，一青一赤，在参嵎山[②]。

【注释】

① 比翼鸟：也就是蛮蛮。

② 参嵎山：神话传说中的神山，据《山海经·西山经》，为崇吾之山。

【译文】

有一种鸟叫比翼鸟，一只青色，一只红色，生活在参嵎山。

比翼鸟
辽代《山海经》帛画

《山海经·海外南经》中记载："比翼鸟在其东，其为鸟青、赤，两鸟比翼。一曰在南山东。"《西山经》中也云："崇吾之山有鸟焉，其状如凫，而一翼一目，相得乃飞，名曰蛮蛮，见则天下大水。"比翼鸟后来常被用来象征忠贞不渝的爱情。《博物志》中说："南方有比翼鸟，飞止饮啄，不相分离……死而复生，必在一处。"唐白居易的《长恨歌》中也有"在天愿作比翼鸟，在地愿为连理枝"的诗句，为大家所熟知。

有鸟如乌，文首，白喙，赤足，曰精卫。故精卫常取西山之木石，以填东海[①]。

【注释】

① “有鸟如乌”几句：据《山海经·北山经》载：“又北二百里，曰发鸠之山，其上多柘木。有鸟焉，其状如乌，文首、白喙、赤足，名曰精卫。”精卫填海的故事，是中国上古神话传说之一。精卫原本是炎帝神农氏的小女儿，名叫女娃。有一天，她到东海游玩，溺死于水中。死后的女娃化作精卫鸟，花脑袋、白嘴壳、红色爪子。她每天从山上衔来石头和草木，把它们投入东海，还发出“精卫、精卫”的悲鸣，好像在呼唤着自己。

【译文】

有一种鸟，外形如乌鸦。脑袋有花纹，嘴壳是白色的，爪子是红色的，这种鸟名叫精卫。精卫鸟常常把西山上的小树枝、小石子衔到东海，希望把东海填平。

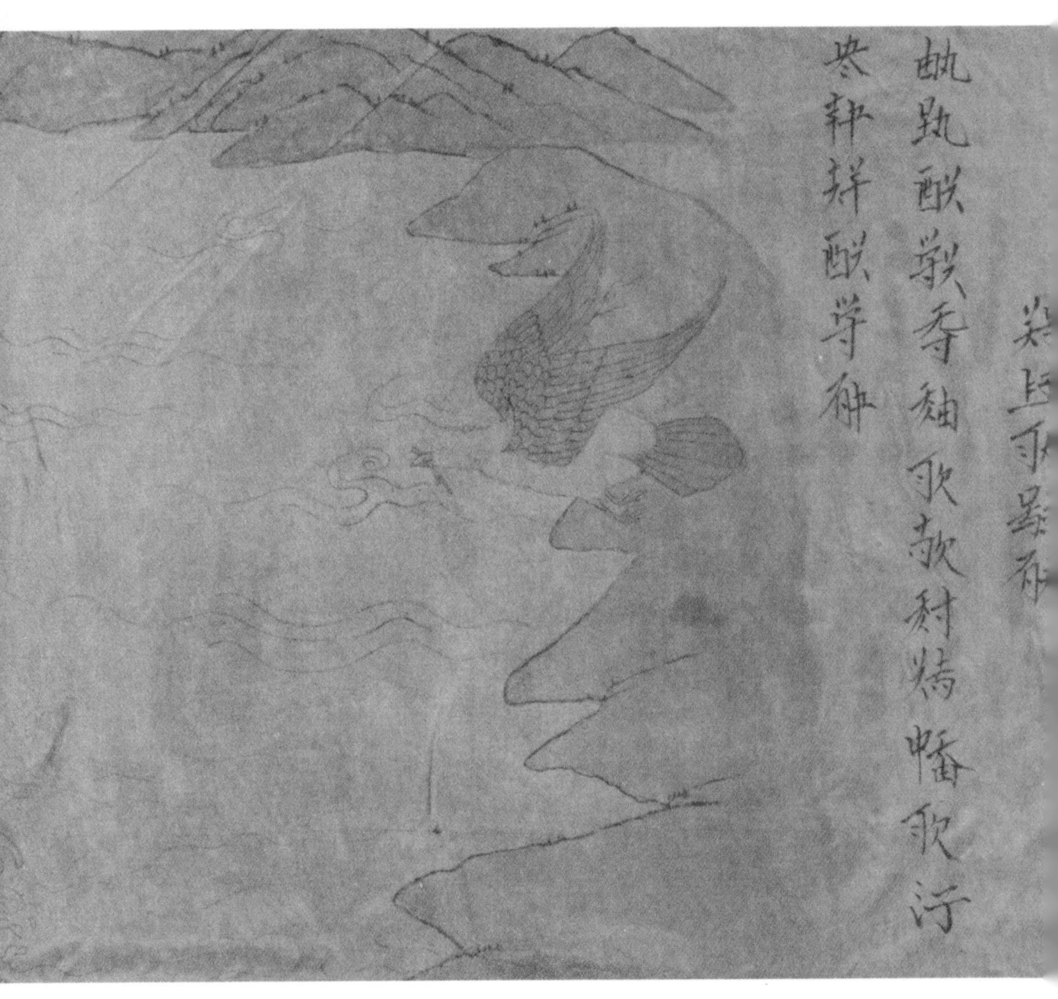

精卫填海
辽代《山海经》帛画

越地[①]深山有鸟如鸠，青色，名曰冶鸟[②]。穿大树作巢如升器[③]，其户口径数寸，周饰以土垩[④]，赤白相次，状如射侯[⑤]。伐木见此树，即避之去。或夜冥，人不见鸟，鸟亦知人不见已也，鸣曰："咄咄去！"明日便宜急上树去；"咄咄下去！"明日便宜急下。若使去但言笑而不已者[⑥]，可止伐也。若有秽恶及犯其止者，则虎通夕来守，人不知者即害人。此鸟白日见其形，鸟也；夜听其鸣，人也。时观乐便作人悲喜。形长三尺，涧中取石蟹[⑦]就人火间炙之，不可犯也。越人谓此鸟为越祝之祖[⑧]。

【注释】

① 越地：广义上，越地指中国古代百越部落所居住的地方。在先秦古籍中，中原把长江以南沿海一带族群统称为"越"，所以文献上也叫百越、诸越。地域广大，涵盖江苏、浙江、福建、广东、广西等少数民族地区。狭义上，越地特指绍兴地区，因为绍兴是古代越国的首都，所以绍兴地区也被称为越地。这里指的应该是古越国之地。

② 冶鸟：应作"治鸟"。据《露书》记载："治鸟者，木客之类，鸟形而人语，时作人形，高三尺，入涧取蟹，就人火炙食之。"

③ 穿大树作巢如升器：《搜神记》所记，在"升"字上有"五六"二字，宜补。

④ 土垩（è）：可以用来涂饰的土。垩，泛指这类土。

⑤ 状如射侯：射侯，是指射箭的箭靶，用布或者皮革制作而成。

⑥ 若使去但言笑而不已者：据《搜神记》和文意，在“若”后应加“不”。

⑦ 石蟹：溪蟹的俗称，这种蟹生活在溪涧的石穴中，体型较小，外壳坚硬。

⑧ 越祝之祖：越祝，指的是越地的巫祝，也就是祭祀时祷告鬼神的人。

【译文】

在越地的深山里生活着一种鸟，它的外形像鸠鸟，羽毛是青色的，名叫治鸟。治鸟可以凿穿大树，在里面筑巢，巢的容积有五六升的容器那么大，巢穴的入口处直径有好几寸，周围用土涂饰，红白相间，看上去像箭靶。如果伐木的人遇到这些树，就会离它远远的。有时候到了黑黑的夜里，人看不到治鸟，治鸟也知道人看不到自己，便鸣叫道：“咄！咄！上去！”第二天，伐木的人就赶快上树去砍伐；如果鸣叫：“咄！咄！下去！”第二天，就应该尽快从树上下来。如果治鸟没有叫人离开，只是嬉笑不停，那么就应停止砍伐。如果有污秽的辱骂，或者叫人停止砍树，但是人却不停下来，那么就会有老虎整夜守护这些树。不知内情的人，就会受到老虎伤害。白天，看这种鸟的形状，是鸟。到了晚上，听它的鸣叫声，则是人的声音。有的高兴起来，它还会做出人喜悦的样子。它的体型有三尺长，会到山涧中去抓螃蟹，拿到人类点燃的火上去烤，此时人类不能去打扰它。越地的人把这种鸟视为越祝的祖先。

鵸

选自《怪奇鸟兽图》卷

《山海经·西山经》记载："有鸟焉，一首而三身，其状如乐鸟，其名曰鵸。"

飞鼠

选自《山海经图鉴》

《山海经·北山经》记载："其状如兔而鼠首，以其背飞，其名曰飞鼠。"

天马
选自《怪奇鸟兽图》卷

《山海经·北山经》记载：“又东北二百里，曰马成之山，其上多文石，其阴多金玉。有兽焉，其状如白犬而黑头，见人则飞，其名曰天马，其鸣自訆。”

龙鱼
选自辽代《山海经》帛画

《山海经·海外西经》：“龙鱼陵居在其北，状如狸。一曰鰕。”郭璞注：“或曰：龙鱼似狸，一角。”

异虫

南方有落头民，其头能飞。其种人常有所祭祀，号曰虫落，故因取之焉。以其飞因晚便去，以耳为翼，将晓还，复著体，吴时往往得此人也。

【译文】

南方有落头民，他们的头能飞。因为落头民常常要举行祭祀活动，故得名“虫落”。落头民在夜间以头飞行，用耳朵作为翅膀，天快亮的时候返回来，头重新回到身体上，吴国时，常常能遇到这样的人。

驺吾
选自《山海经图鉴》

《山海经·海内北经》：“林氏国，有珍兽，大若虎，五采毕具，尾长于身，名曰驺吾，乘之日行千里。”

江南山溪中水射工虫[1]，甲类也，长一二寸，口中有弩形[2]，气射人影，随所著处发疮，不治则杀人。今鸜螋虫[3]溺人影，亦随所著处生疮。

【注释】

① 射工虫：传说的毒虫。葛洪《抱朴子·登涉》中记载："又有短狐，一名蜮，一名射工，一名射影，其实水虫也。"《汉书·五行志下》"有域"条唐颜师古注："即射工也，亦呼水弩。"

② 鸜螋虫：应是"蠼螋虫"，意思是长脚蜈蚣。

【译文】

在江南山的溪水里有一种毒虫叫射工虫，属于甲虫的一种，它长一两寸，嘴里长着弓弩形状的器官，会喷出气体射击人影而人被射中的部位就会生疮，如果得不到治疗就会丧命。现在的长脚蜈蚣如果朝着人的影子撒尿，人身上对应的被尿过的部位也会马上生疮。

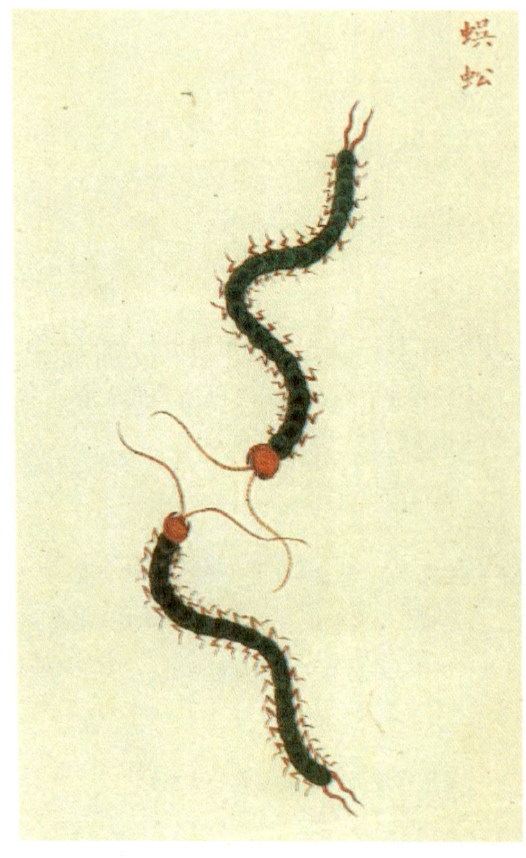

蜈蚣
选自《金石昆虫草木状》（明）
文俶　收藏于中国台北图书馆

蝮蛇[①]秋月毒盛，无所蜇螫[②]，啮草木以泄其气，草木即死。人樵采，设为草木所伤刺者，亦杀人，毒甚于蝮啮[③]，谓之蛇迹也。

【注释】

① 蝮蛇：蝮蛇科的一种。这种蛇的头是三角形的，蛇身呈灰褐色且有斑纹，口有毒牙。大多生活在平原和山野。

毒腺里的毒液可以治疗麻风病。

② 蜇螫：咬。

③ 蝮啮：毒蛇牙齿咬的意思。

【译文】

蝮蛇这种动物，在秋季的时候毒气最旺盛，如果没有人和动物可以蜇刺的时候，蝮蛇就会咬啮旁边的草木来释放毒气，而那些被咬过的草木，马上就会枯萎而死。人们砍柴不小心被这样的草木刺伤到，也会中毒死亡，草木上的蛇毒比被蝮蛇直接咬到还要严重，被称为“蛇迹”。

华山[①]有蛇名肥遗[②]，六足四翼，见则天下大旱。

【注释】

① 华山：古称“西岳”，雅称“太华山”，为五岳之一，位于今陕西省渭南市华阴市，西安以东一百二十公里处。南接秦岭山脉，北瞰黄渭，自古以来就有“奇险天下第一山”的说法。中华之“华”即源于华山。

② 肥遗：据《山海经·西山经》记载：“又西六十里，曰太华之山。削成而四方，其高五千仞，其广十里，鸟兽莫居。有蛇焉，名曰肥遗，六足四翼，见则天下大旱。”大意为：太华山上有一种怪蛇，名字叫“肥遗”，有六只脚四只翅膀，只要这种蛇出现，就预示着将会有大范围的旱灾。

【译文】

在华山生活着一种蛇，名叫肥遗，它有六只脚和四只翅膀，如果肥遗蛇出现了，那么就会天下大旱。

肥遗
选自《怪奇鸟兽图》卷

华山险峻，李白在《西岳云台歌送丹丘子》一诗中写道："西岳峥嵘何壮哉！黄河如丝天际来。黄河万里触山动，盘涡毂转秦地雷。荣光休气纷五彩，千年一清圣人在。巨灵咆哮擘两山，洪波喷箭射东海。"在神话传说中，如此陡峭艰险的地方，只有巨蛇肥遗能栖身于此。据传商汤就曾看到肥遗，商朝随即大旱七年。

常山[①]之蛇名率然[②]，有两头，触其一头，头至；触其中，则两头俱至。孙武[③]以喻善用兵者。

【注释】

① 常山：指的是恒山。为了避汉文帝刘恒的名讳，所以改为常山。恒山，所谓“北岳恒山”，也叫“太恒山”，古称玄武山、崞山、高是山、玄岳等。明末清初，恒山被确定为“五岳”之北岳，位于山西浑源县城南十公里处，号称“人天北柱”“绝塞名山”。

② 率然：古代中国传说中的一种蛇。

③ 孙武：春秋末期齐国乐安人。中国春秋末期著名的军事家、政治家，后人尊称他为兵圣或孙子，又称“兵家至圣”。孙武曾经撰写《孙子兵法》，《孙子兵法·九地》写道：“故善用兵者，譬如率然。率然者，常山之蛇也。击其首则尾至，击其尾则首至，击其中则首尾俱至。”

【译文】

常山之上生活着一种蛇，名叫率然，它的两端都有头，触碰其中一个头，另一个头也会伸过来；触碰蛇身的话，那么两个头会一起伸过来。孙武用它来比喻那些善于用兵打仗的人。

异鱼

南海有鳄鱼，状似鼍[1]，斩其头而干之，去齿而更生，如此者三乃止。

【注释】

① 鼍（tuó）：据《山海经》记载："又东北三百里，曰岷山。江水出焉，东北流注于海，其中多良龟，多鼍。其上多金玉，其下多白珉。其木多梅棠，其兽多犀、象，多夔（kuí）牛，其鸟多翰、鷩（bì）。"鼍是一种爬行动物，体长两米多，也被称为扬子鳄、猪婆龙等。

【译文】

在南海生活着一种鳄鱼，外形似猪婆龙，斩下它的头晒干，再去掉它的牙齿，牙齿还会再次长出来。这样反复拔牙三次，新的牙齿就不会再长出来了。

鮀鱼
选自《金石昆虫草木状》 （明）文俶 收藏于中国台北图书馆

鮀鱼，即扬子鳄。《图经》曰：“鮀，生南海地泽，今江湖极多，形似守宫陵鲤辈而长一二丈，背尾俱有鳞甲，善攻鮀岸，夜则鸣吼，舟人甚畏之。”韩愈任潮州刺史时，潮州一带鳄鱼为患，其《祭鳄鱼文》中记载：“军事衙推秦济，以羊一、猪一投恶溪之潭水，以与鳄鱼食。”

东海有半体鱼[①]，其形状如牛。剥其皮悬之，潮水至则毛起，潮去则毛伏。

【注释】

① 半体鱼：应有误，应是“牛体鱼”。据《太平御览》记载：“东海中有牛鱼，其鱼形如牛。剥其皮悬之，潮水至则毛起，潮去则复也。”

【译文】

在东海生活着一种鱼，名叫牛体鱼，它的形状像牛。把鱼的皮剥下悬挂起来，当涨潮的时候，皮上的毛就会竖起来；当潮水退去的时候，皮上的毛就会伏倒。

东海鲛错鱼[①]，生子，子惊还入母肠，寻复[②]出。

【注释】

① 鲛错鱼：指的是海鲨，皮非常粗厚，可以制作刀剑的鞘。

② 复：应该是“腹”，腹部的意思。

【译文】

在东海有一种鱼叫作鲛错鱼，这种鱼产子后，若是小鱼受了惊吓，会重新回到母鱼肚里去，不久又从肚里出来。

鲛错鱼
选自《金石昆虫草木状》　（明）文俶
收藏于中国台北图书馆

吴王[①]江行，食鲙[②]有余，弃于中流，化为鱼。今鱼中有名吴王鲙余者，长数寸，大者如箸[③]，犹有鲙形。

【注释】

① 吴王：指的是孙权，吴郡富春县（今浙江省杭州市富阳区）人。孙权是三国时期吴国的开国皇帝。

② 鲙：同“脍”，这里指切碎的鱼肉，特指生吃的鱼片。

③ 箸：筷子。

【译文】

吴王孙权在长江上泛舟而行，他把没有吃完的生鱼片丢弃江水中，这种生鱼片化形成鱼。现在鱼类中有一种叫“吴王鲙余”的鱼，有几寸长，其中大的像筷子一样长，鱼身上还保留着刀切的痕迹。

广陵[①]陈登[②]食脍作病，华佗[③]下之，脍头皆成虫，尾犹是脍。

【注释】

① 广陵：古代郡名，西汉时期始置。汉武帝元狩三年（前120年）改江都国为广陵国，领广陵、江都、高邮、平安（今宝应县部分）四县，治广陵县（今扬州市区）。

② 陈登：陈登（163年—201年），字元龙，下邳淮浦（今江苏省涟水县西）人，东汉末年将领。

③ 华佗：沛国谯县（今安徽省亳州市）人。华佗是东汉末年著名的医学家，被后人称为“外科圣手”“外科鼻祖”“神医华佗”。人们常常用“华佗再世”“元化（华佗字）重生”称赞医术杰出之人。

【译文】

广陵太守陈登吃生鱼片得了肠胃病，华佗用药使他腹泻，只见那些切细的鱼片竟然都变成了虫子，而虫的尾巴还是生鱼片。

东海有物，状如凝血，从广数尺[①]，方员[②]，名曰鲊鱼[③]。无头目处所，内无藏[④]，众虾附之，随其东西。人煮食之。

【注释】

① 从广数尺：从广，纵横的意思。

② 方员：即方圆。

③ 鲊鱼：在古代，海蜇俗称鲊鱼，也可称之为水母。在大海中，海蜇与虾的关系十分密切，这些虾会依附着海蜇四处游动。

④ 藏：通“脏”，内脏的意思。

【译文】

在东海里生活着一种东西，它的外形很像凝固的血块。长宽数尺，有方的，也有圆的，这种东西叫鲊鱼。鲊鱼没有头和眼睛，也没有内脏。在鲊鱼的周围，时常依附着很多虾，跟随着它四处游动。当地人会把鲊鱼煮熟来食用。

异草木

太原[①]、晋阳[②]以北生屏风草。

【注释】

① 太原：太原郡，古代区划名。秦庄襄王三年（前247年）始置太原郡，治所在晋阳（今太原市区西南汾水东岸）。

② 晋阳：即今山西省太原市，是太原的古称。

【译文】

在太原、晋阳的北面生长着一种怪草，名字叫屏风草。

海上有草焉[①]，名筛[②]。其实食之如大麦，七月稔熟[③]，名曰自然谷，或曰禹余粮。

【注释】

① “海上有草焉”几句：可参看《太平御览》卷八百三十七：“扶海洲上有草焉，名曰蒒。其实食之如大麦。从七月

稔熟，民敛获至冬乃讫。名自然谷，或曰禹余粮。”

② 篩：应是“蒒”，种子似麦的一种草本植物。

③ 稔熟：庄稼成熟。

【译文】

在扶海洲生长着一种草，名叫篩草。这种草的果实吃起来味同大麦，七月成熟，人们叫它自然谷，或者叫禹余粮。

尧[①]时有屈佚草[②]，生于庭，佞人[③]入朝，则屈而指之。一名指佞草。

【注释】

① 尧：又称唐尧。传说中父系氏族社会后期部落联盟领袖。详见卷二第4注。

② 屈佚草：佚，当作“轶”。《论衡·是应篇》有载：“太平之时，屈轶生于庭之末，若草之状，主指佞人。”

③ 佞人：指的是那些善于花言巧语、弄虚作假的小人。

【译文】

尧在位的时候有一种草，名叫屈轶草，它生长在庭院里，如果有奸佞的人上朝，那么它就会弯曲着指向他。所以，也被叫成指佞草。

右詹山[①]，帝女化为詹草[②]，其叶郁茂，其萼黄，实如豆，服者媚于人[③]。

【注释】

① 右詹山：指“姑瑶山”。据《山海经·中次七经》记载：“又东二百里，曰姑媱之山。帝女死焉，其名曰女尸，化为䔄草，其叶胥成。其华黄，其实如菟丘，服之媚于人。”

② 帝女化为詹草：帝女，指炎帝的小女儿瑶姬，死后葬于巫山之南，所以又被称为巫山神女。据传她的精魂依附在草上，可以化为灵芝。

③ 服者媚于人：吃了这种草的人讨人喜欢。

【译文】

在古詹山，炎帝的女儿死后变成了詹草，这种草的叶子非常繁茂，它的花朵是黄色的，果实很像大豆，据说吃了这种草的人讨人喜欢。

《仙女图》轴 ▶
（元）佚名　收藏于中国台北故宫博物院

瑶姬，传说为炎帝之女，死后葬于巫山。关于神女的传说有很多，例如神女帮助大禹治水，为百姓指点航行和驱除猛兽等。有关巫山神女的诗文也不计其数，如唐代诗人李贺有《巫山高》一诗：“瑶姬一去一千年，丁香筇竹啼老猿。”宋代诗人陆游《三峡歌》中写道：“十二巫山见九峰，船头彩翠满秋空。朝云暮雨浑虚语，一夜猿啼月明中。”

止些山①，多竹，长千仞，凤食其实。去九疑万八千里。

【注释】

① 止些山：疑为“止于丹山”之误。据《太平御览》卷九百十五记载：“孟亏，人首鸟身。其先为虞氏，驯百禽，夏后之末世，民始食卵，孟亏去之，凤随之止于丹山。此山多竹，长千仞，凤凰食竹实，孟亏食木实。去九疑万八千里。”

【译文】

丹山上生长着很多竹子，它们高达千丈，凤鸟喜欢吃它们的果实。丹山距离九嶷山有一万八千里。

◀《夏山图》卷
（北宋）屈鼎　收藏于美国纽约大都会艺术博物馆

江南诸山郡中，大树断倒者，经春夏生菌，谓之椹[①]。食之有味，而忽毒杀，人云此物往往自有毒者，或云蛇所著之。枫树生者[②]啖之，令人笑不得止，治之，饮土浆即愈。

【注释】

① 椹（shèn）：倒掉的树上长出的菌。

② 枫树生者：指枫树上长的菌。

【译文】

在江南很多山区的州郡里有大量折断倒在地上的大树，历经了春夏两季，树上就会长出很多菌类，人们称它为椹。椹的滋味很鲜美，但有时人吃了会突然中毒死去。有人说这种菌身上往往都有毒素，也有人说是因为蛇把毒吐到菌的上面。如果人吃了枫树上的菌，会笑个不停，要治疗这种病，只需要喝土浆就会痊愈。

菌类几种▶
选自《梅园菌谱》 ［日］毛利梅园 收藏于日本东京国立国会图书馆

紫占地

ムラサキシメヂ

極色ノ者井ノ頭山中松林ノ中ニ滑之
其香松タケ又早松ニ似テ香氣ア
リ乾セバ椎タケノ如シ

坂本蕈譜

御天蕈

ギウテンタケ

状占地ニ似テ肉薄ク各天ニ向テ
生ス御天皮ノ如ニ故ニ名ヅク有
毒不可食武州多摩郡井頭
大盛寺山中ニ滑タリ

卷四

导读

本卷主要包括物性、物理、药术、方术等内容，较前三卷更为专业。需要指出的是，本卷所著内容多是古人在长期的生产劳动中观察和总结出的现象，其中许多在当时被视为奇异现象的，如今已被我们更科学地认识、探索和更正。如《物性》中关于“螟蛉之子，蜾蠃负之”的记述，沿袭了之前“蜾蠃不能产子，捕螟蛉幼虫回来喂养”的说法。而实际情况是：蜾蠃是一种寄生蜂，它常捉螟蛉存放在窝里，产卵进它们的身体，卵孵化后就拿螟蛉作食物，供给幼虫营养。但在本卷中，那些已经被现代科学证明为“不准确”或是“错误”的表达却给我们提供了另外一个视角，即千百年来，我们的祖先是以怎样好奇的眼光打量自己和身边的世界，以怎样一种认真的态度探索宇宙人生的奥秘。

物性

九窍者胎化[①]，八窍者卵生，龟鳖皆此类，咸[②]卵生影伏[③]。

【注释】

① 胎化：胎生，人或部分动物的受精卵需要在母体里发育一段时间，在此期间通过胎盘从母体获得营养，最终完成生产的过程。

② 咸：都。

③ 影伏：母体伏卵孵化称“体伏”，产卵环境适宜，不用体伏，称“影伏”。

【译文】

动物身上有九个窍的通常是胎生，有八个窍的通常是卵生，乌龟、甲鱼都属于卵生类，产卵后都是“影伏”自然孵化，而不是母体来孵卵。

白鹢雄雌相视则孕。或曰雄鸣上风，则雌孕。

【译文】

白鹢鸟雌雄相互对视，雌鸟就会怀孕。有人说雄鸟在上风口鸣叫引诱，那么雌鸟就会怀孕。

兔舐毫望月而孕，口中吐子，旧有此说，余目所未见也。

【译文】

雌兔舔过雄兔毛后，再抬头望着月亮就会怀孕，嘴里会吐出小兔，这种说法古已有之，但是我没有亲眼见过。

大腰无雄，龟、鼍类也。无雄，与蛇通气则孕。细腰无雌，蜂类也，取桑蚕或阜螽[①]子咒[②]而成子。《诗》云“螟蛉之子，蜾蠃负之”[③]是也。

【注释】

① 阜螽（zhōng）：蝗虫的幼虫。陆德明《释文》有云：“李巡云：蝗子也。”《诗经·召南·草虫》中记载：“喓喓草虫，趯趯阜螽。”

② 咒：祝告。《后汉书·谅辅传》中记载：“时夏大旱……辅乃自暴庭中，慷慨咒曰……”

③ 《诗》云“螟蛉之子，蜾蠃负之”：古人以为蜾蠃这种

生物有雄性但没有雌性，所以无法交配生产，也就没有后代，于是就想办法捕捉螟蛉幼虫，把它们当作自己的孩子养育。据此，后人将被人收养的义子称为螟蛉之子。

《竹虫图》
（宋）赵昌　收藏于日本东京国立博物馆

【译文】

腰粗的生物没有雄性，乌龟和鼍龙属于此类，由于没有雄性，它们需要与蛇通气来怀孕。腰细的生物没有雌性，蜂就属于此类，于是它们便捕取家蚕或蝗虫的幼虫，通过念诵咒语使之成为自己的后代。《诗经》说“螟蛉有子，蜾蠃负之”，指的就是这件事。

蚕三化[①]，先孕而后交。不交者亦产子，子后为蚕，皆无眉目，易伤，收采亦薄。

【注释】

① 蚕三化：即蚕的三次变化，指蚕子化蚕，蚕化蚕蛹，蚕蛹化蛾。

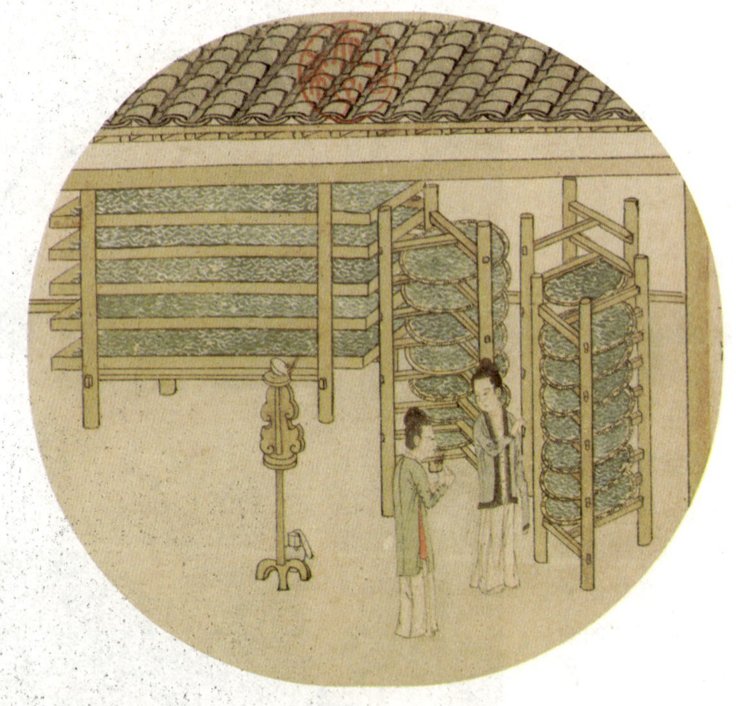

《蚕织图》（局部）
（元）程棨　收藏于美国华盛顿弗利尔美术馆

养蚕在我国有悠久的历史，五千多年来，这种吐丝的小虫给我们祖先带来的不仅仅是精美华贵的丝绸，还有一种致富的可能、一种男耕女织的文化、一条通向文明的道路。作为普通百姓的重要经济来源，蚕虫和蚕丝的质量关系着千万人的生计，因此先民对蚕的生产和养护十分重视。

【译文】

蚕一生变化三次，先怀孕而后交配。蚕不通过交配也能生蚕子，蚕子长大成蚕后，都没有眉毛和眼睛，容易受伤，并且可采收的蚕茧也少。

鸟雌雄不可别，翼右掩左，雄；左掩右，雌。二足而翼谓之禽，四足而毛谓之兽。鹊巢门户背太岁[①]，得非才智，任自然也？

【注释】

① 太岁：此处指太岁之神。太岁信仰源于古代中国民间的天体崇拜，后发展成为民间信仰的神灵，主管人间祸福。

【译文】

不能分辨鸟类雌雄的，可以看它们的翅膀来分辨，右翅盖在左翅之上，为雄鸟；左翅盖在右翅之上，为雌鸟。两只脚、长翅膀的动物叫作禽，四只脚、身上长毛的动物叫作兽。喜鹊筑巢时，门户会避开太岁星所在的凶位，这并不是有才能智慧的表现，而是顺应自然的结果。

鸐雉长尾，雨雪，惜其尾，栖高树杪，不敢下食，往往饿死。时魏景初[①]中天下所说。

【注释】

① 景初：三国时期魏明帝曹叡的年号（237 年—239 年），历时 3 年。

【译文】

山鸡的尾巴长，下雨、下雪的时候，它因为珍惜自己的尾巴，会栖息到高高的树梢上，不敢下来觅食，因此常常饿死。这种说法在魏景初年间广泛流传。

鹳，水鸟也。伏卵时，卵冷则不孕，取礜石周绕卵，以时助燥气，故方术家以鹳巢中暖礜石为真物。

【译文】

鹳是一种水鸟，它在孵卵时，如果卵在低温下就孵化不出幼鸟，于是鹳就会取来礜石围绕在卵的周围来增加暖气，帮助卵孵化。所以医家把鹳窝里的礜石视为真正的礜石。

雉
选自《鸟类写生图》 ［日］牧野贞干

雉，种类繁多，一般作为野鸡的统称。其体形较家鸡略小，但尾长。雄鸟和雌鸟的羽毛差异很大，雄鸟的羽毛颜色鲜艳，富有光泽，体型也较雌鸟更大。《诗经·邶风》中《雄雉》诗中写道："雄雉于飞，泄泄其羽。"意思是：雄雉在空中飞翔，舒展着五彩的翅膀。

山鸡有美毛，自爱其色，终日映水，目眩则溺死。

【译文】

山鸡有漂亮的羽毛，它非常喜爱自己的外表，整天临水照影，若是眼睛一花，就会溺水而亡。

龟三千岁游于莲叶，巢于卷耳之上。屠龟，解其肌肉，唯肠连其头，而经日不死，犹能啮物。鸟往食之，则为所得。渔者或以张鸟，神蛇复续。

【译文】

三千岁的老乌龟能够在荷叶上嬉游，在卷耳上做巢。宰杀乌龟时，将它的肌肉剖下来，只留肠子连着龟头，这样过一天它也不会死，还能咬东西。如果鸟飞过去吃它的肠子，就会被乌龟咬住。打鱼者往往用这种方法作为诱饵捕取鸟雀，当解剖开的乌龟遇到神蛇便又能重新孕育后代。

《春喜图》
（明）吕纪　收藏于中国台北故宫博物院

很有意思的是，照水而死的传说在东西方并不少见。古希腊神话中有则故事，讲述的是美少年那西斯在水中看到了自己的倒影，便爱上了自己，每天临水照影，最后化作一丛水仙花。

橘渡江北，化为枳。今之江东，甚有枳橘。

【译文】

橘子过了长江以北，就变成了枳。如今长江下游南岸地区有不少枳橘。

枳

选自《本草图汇》十九世纪绘本　佚名　收藏于日本东京大学附属图书馆

战国时期的韩非子曾以“橘树”喻君子之道：“夫树橘柚者，食之则甘，嗅之则香；树枳棘者，成而刺人；故君子慎所树。”晏子使楚时也用“橘生淮南则为橘，生于淮北则为枳”来反击楚王。

百足一名马蚿[①]，中断成两段，各行而去。

【注释】

① 马蚿（xián）：又叫马陆、千足虫，属于节肢动物门，当它感到威胁时能自行断成两截逃生，也有记载当其感知到危险时会喷出刺激性液体以自卫。

【译文】

百足虫又叫马蚿，将它从中间断成两段，它的头部、尾部便朝不同的方向爬走。

马陆
选自《金石昆虫草木状》（明）文俶 收藏于中国台北图书馆

《红楼梦》中以“百足之虫，死而不僵”比喻像贾府这样的世家大族虽已衰败，但瘦死的骆驼比马大，犹可苟延残喘，支撑一时。

物理

凡月晕，随灰画之，随所画而阙。（《淮南子》云：“未详其法。”）

【译文】

在月晕出现的时候，将灰撒落在月光处画月，那么月晕会随着所画的形状变得有残缺。（《淮南子》说：“不知道具体的操作方法。”）

《月夜拨阮》
（南宋）马远　收藏于中国台北故宫博物院

人们把太阳或月亮周围出现的这种光圈叫“晕”。日晕或月晕的出现，往往预示着天气要发生变化。民间有谚语：“‘日晕三更雨，月晕午时风’，‘月晕而风，础润而雨’”。就是说日晕通常预示着阴雨天，而月晕大多预示着刮风天气，具体风向可以由月晕的缺口判断出来。

麒麟斗而日蚀，鲸鱼死则彗星出，婴儿号妇乳出，蚕弭丝而商弦绝。

【译文】

麒麟相斗就会发生日蚀，鲸鱼死亡就会出现彗星，婴儿哭嚎，母亲的乳汁就会自然流出，蚕吐新丝，弹奏商音的丝弦就会断裂。

一品武官麒麟补
（清晚期）佚名　收藏于美国纽约大都会艺术博物馆

麒麟自古以来就是祥瑞之兆，因此人们将麒麟争斗视为不祥。《诗经·周南·麟之趾》记载：“麟之趾，振振公子，于嗟麟兮。麟之定，振振公姓，于嗟麟兮。麟之角，振振公族，于嗟麟兮。”这里便是用麒麟比喻人仁义、仁德的品质。

《庄子》曰："地三年种蜀黍，其后七年多蛇。"

【译文】

《庄子》说："地里连续三年种高粱，七年之后地里就会有很多蛇出没。"

蜀黍二种
选自《草木实谱》
[日]毛利梅园　收藏于日本东京国立国会图书馆

蜀黍亦称"高粱"。一般可以长到一丈高，叶子和芦草相似，种子成熟时穗大如帚，呈现红黑色。蜀黍春播秋收，其种子可以酿酒，也可以煮粥。

积艾草，三年后烧，津液下流成铅锡。已试，有验。

【译文】

将艾草堆积起来三年之后再烧，它渗出的液体流下来会变成铅锡。我已经试过，确实应验。

悬艾人

选自《端阳故事图》 （清）徐扬 收藏于北京故宫博物院

《荆楚岁时记》中记载，端午时节，人们将艾叶捆扎作人形，叫作“艾人”，并将其悬于门户之上，可禳除毒气，具有驱瘟辟邪的效果。

煎麻油，水气尽，无烟，不复沸则还冷，可内手搅之。得水则焰起，散卒而灭。此亦试之有验。

【译文】

煎麻油煎到水汽蒸发完，不再冒青烟，不再沸腾时，麻油就会回到低温状态，这时可以把手放进去搅拌。一旦进水就会火焰四起，飞散完毕后才会灭。这个我也曾试过，确实应验。

庭州灞水，以金银铁器盛之皆漏，唯瓠叶则不漏。

【译文】

庭州的灞水，用金银铁器来盛都会渗漏，只有用葫芦盛才不会漏。

龙肉以醢①渍之，则文章②生。

【注释】

① 醢（hǎi）：此处有异，或为讹误，当为“醯”，即醋。

② 文章：错杂的色彩花纹。李白《春夜宴从弟桃花园序》中的“况阳春召我以烟景，大块假我以文章”即是指自然界多姿多彩的锦绣风光。

【译文】

龙肉用醋腌过就会产生五色花纹。

葫芦和瓠

选自《本草图谱》 ［日］岩崎灌园 收藏于日本东京国立国会图书馆

瓠，葫芦科植物的总称。瓠叶，即瓠瓜的叶子，古代常用于食用和享祭。《诗经·小雅·瓠叶》中说：“幡幡瓠叶，采之亨之。君子有酒，酌言尝之。”

龙袍（局部）

据《拾遗记》记载，西汉时期，有人钓得一条白龙，龙“长三丈，若天蛇，无鳞甲，头有一角，长二尺，软如肉焉，牙如唇外”，汉昭帝“乃命太官为鲊，骨青肉紫，味甚美。帝后思之，使罾者复觅，终不得也”。《晋书·张华传》中也有记载：“陆机尝饷华鲊，于时宾客满座，华发器，便曰：‘此龙肉也。’众未之信，华曰：‘试以苦酒濯之，必有异。’既而五色光起。”这里的“华”便是本书作者张华。

积油满万石，则自然生火。武帝泰始中武库火，积油所致。

【译文】

将油性物资集中贮存达到一万石时，就会发生自燃。晋武帝泰始年间兵器库发生火灾，就是由堆积的油性物资自燃导致的。

物类

烧铅锡成胡粉，犹类也。烧丹朱成水银，则不类。

【译文】

将铅锡烧制成铅粉，它们还属于同类物质。将朱砂烧炼成水银，二者就不属于同类物质了。

朱砂水银
选自《金石昆虫草木状》（明）文俶　收藏于中国台北图书馆

《天工开物》中记载：“凡朱砂、水银、银朱，原同一物，所以异名者，由精细老嫩而分也。”朱砂正是提炼水银的原料。春秋战国之际，人们就已经掌握了水银的制作方法，通过加热使朱砂和氧气产生反应，最终变为液态水银。

魏文帝所记诸物相似乱真者：武夫怪石似美玉；蛇床①乱蘼芜②；荠苨③乱人参；杜衡乱细辛；雄黄似石流黄；鳊鱼相乱，以有大小相异；敌休乱门冬④；百部⑤似门冬；房葵⑥似狼毒⑦；钩吻草⑧与荇华相似；拔揳与萆薢⑨相似，一名狗脊⑩。

【注释】

① 蛇床：植物名，属一年生草本植物。成熟植株高60厘米左右，茎直立或斜上，多分枝，复伞形花序。

② 蘼芜，一种香草。妇女去山上采撷蘼芜的鲜叶，阴干后可做香料，亦可放入香囊随身佩戴。古人相信蘼芜可使妇人多子。古诗词中“蘼芜”这一意象多与夫妻分离或闺怨有关，如古乐府《上山采蘼芜》：“上山采蘼芜，下山逢故夫。”

③ 荠苨（qí nǐ）：多年生草本植物。根系块状，类似于人参。圆锥状花序，花朵类似金钟倒挂，呈蓝色或白色，每年夏季开花，种子呈黄棕色。

④ 门冬：为百合科植物麦冬或沿阶草的块根，无毒，可入药。

⑤ 百部：百部科植物的干燥块根，可以在春秋两个季节采挖，无毒，可入药。

⑥ 房葵：现在一般作“防葵”。《太平御览》记载：“苦，无毒，茎叶如葵，上黑黄，二月生根，根大如桔梗，根中红白，六月花白，七月八月实白，三月三日采根。”

⑦ 狼毒：瑞香科植物的根。春、秋两季采挖，去除泥沙等，

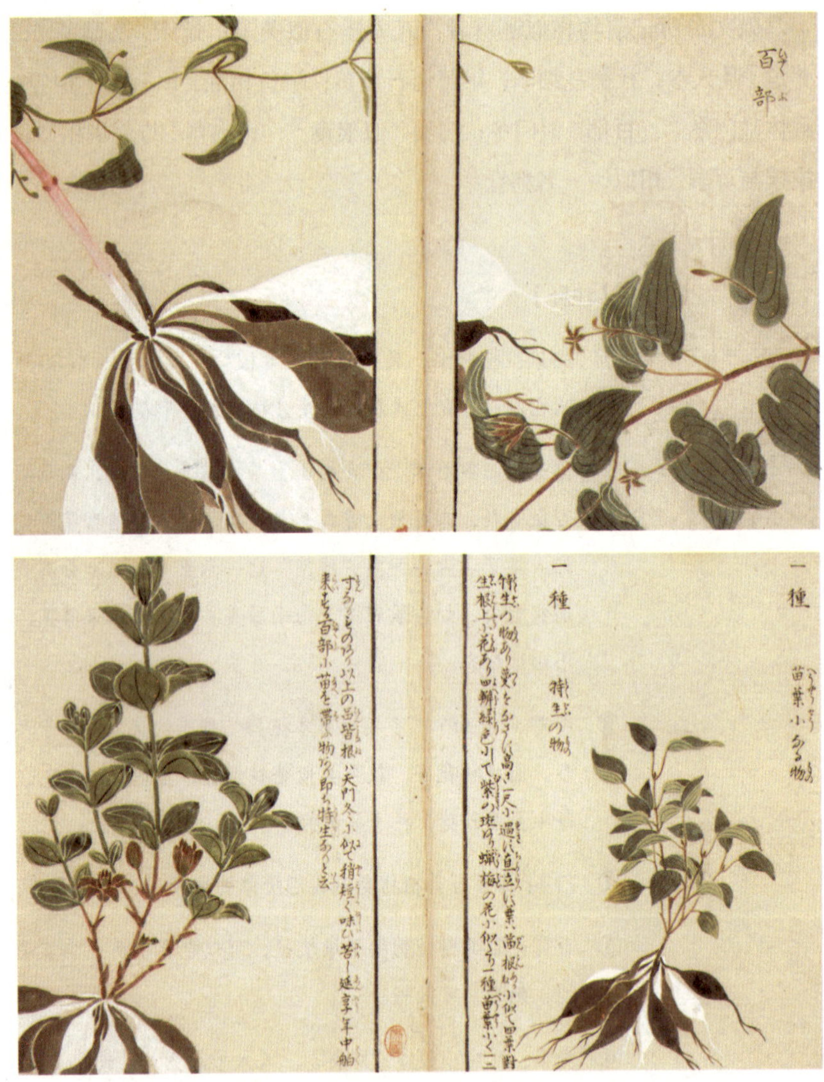

百部两种
选自《本草图谱》 [日]岩崎灌园 收藏于日本东京国立国会图书馆

百部和门冬难以区分，主要是因为二者入药部分均为植物根部，且二者根部区别不大。

晒干后可以入药。

⑧ 钩吻草：马钱科植物胡蔓藤的全株。全年均可采，切段、晒干或鲜用，可入药，但根、茎、叶三部分均有剧毒，古人又称其为“断肠草”。

⑨ 萆薢：薯蓣科植物粉背薯蓣等的块茎。可入药，味微苦，春、秋均可采挖。挖出后洗净除去须根，切薄片晒干。

⑩ 狗脊：金毛狗脊的干燥根茎。秋、冬两季采挖，可以入药。

【译文】

魏文帝记载了众物相似且能以假乱真的矿物和植物有：武夫怪石与美玉相似；蛇床和蘼芜相似；荠苨和人参相似；杜衡和细辛相似；雄黄与石流黄相似；不同品类的鳊鱼外形相似，而大小不一样；敌休和门冬相似；百部与门冬相似；房葵与狼毒草相似；钩吻草与荇草相似；拔揳与萆薢相似，萆薢又名狗脊。

钩吻几种
选自《本草图汇》十九世纪绘本　佚名　收藏于日本东京大学附属图书馆

鈎吻之四
毒ウツギ
鈎吻之五 蘄菫
毒ゼリ
オホゼリ

杜衡

选自《本草图谱》［日］岩崎灌园　收藏于日本东京国立国会图书馆

细辛和杜衡很难区分，《本草图经》中有记载：“今处处有之，皆不及华阴者为真，其根细而极辛。今人多以杜衡为之。”《本草纲目》中也有记载：“大抵能乱细辛者，不止杜衡，皆当以根苗色味细辨之。”也就是说，二者要从根茎、花朵、颜色、气味仔细分辨。

细辛
选自《本草图谱》 [日]岩崎灌园 收藏于日本东京国立国会图书馆

药物

物有同类而异用者，乌头、天雄、附子，一物，春秋冬夏采各异也。

【译文】

有些药物同类但用法不同，乌头、天雄、附子，它们是同一类植物，只不过由于春夏秋冬采集的时节不同，因此称谓也不相同。

乌头
选自《本草图谱》［日］岩崎灌园　收藏于日本东京国立国会图书馆

乌头、附子都来源于同一种毛茛科植物乌头的根，当乌头成熟时，其旁边会生出来很多连附着的子根，这些小块茎就是附子，而原始的母根就是乌头。除了作药外，乌头块根还可以用作箭毒，李时珍曾言："草乌头取汁晒为毒药，射禽兽，故有射网之称。"

附子
选自《本草图谱》 [日]岩崎灌园 收藏于日本东京国立国会图书馆

远志，苗曰小草，根曰远志。芎䓖，苗曰江蓠，根曰芎䓖。

【译文】

远志，茎叶部分叫小草，根部叫远志。芎䓖，茎叶部分叫江蓠，根部叫芎䓖。

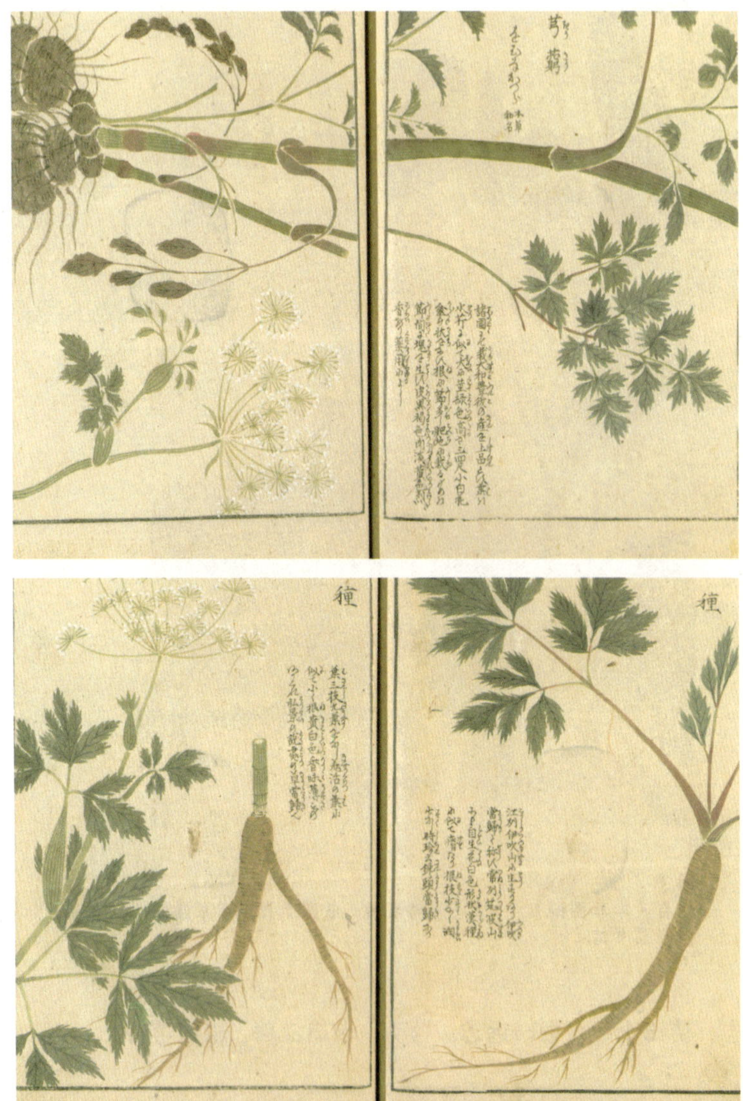

芎䓖

选自《本草图谱》 [日]岩崎灌园 收藏于日本东京国立国会图书馆

芎䓖，也叫川芎，多年生草本植物，叶子像芹菜，秋天开花，花朵呈白色，全草有香气，地下茎可入药。《本草纲目》这样记载它：“（祛）燥湿，止泻痢，行气开郁。”

菊有二种，苗花如一，唯味小异，苦者不中食。

【译文】

菊花有两种，茎叶和花都一样，只是味道略有不同，味苦的类菊花是不能食用的。

《丛菊图》轴
佚名（元） 收藏于中国台北故宫博物院

食用菊花的传统在我国历史悠久。屈原就曾在《离骚》中高吟："夕餐秋菊之落英。"三国时代，魏文帝曹丕很喜欢食菊花养生，其在《与钟繇九日送菊书》中云："故屈平悲冉冉之将老，思餐秋菊之落英，辅体延年，莫斯之贵。请奉一束，以助彭祖之术。"我国用菊花酿酒的历史同样悠久，相传汉武帝时，宫廷中有饮菊花酒的习俗。宋人史铸在《百菊集谱》中说："汉俗九日献菊酒，以祓除不祥。"因此饮菊花酒风俗便流传下来。

野葛食之杀人。家葛种之三年，不收，后旅生亦不可食。

【译文】

吃了野葛会死人。家葛种了三年后，如果不去收获，就会变成野生品种，也不能食用了。

葛和野葛
选自《本草图谱》 ［日］岩崎灌园 收藏于日本东京国立国会图书馆

葛的称名最早在《诗经》里出现过：“彼采葛兮，一日不见，如三月兮。”此处的“野葛”和“家葛”实际上是两种植物，“野葛”即“钩毒”，又叫“断肠草”。《唐本草》记载：“人或误食其叶者，皆致死。”传说中神农尝百草正是因误食此草而死。

《神仙传》[1]云："松柏脂入地千年化为茯苓，茯苓化为琥珀。"琥珀一名江珠。今泰山出茯苓而无琥珀，益州[2]永昌出琥珀而无茯苓。或云烧蜂巢所作。未详此二说。

【注释】

① 《神仙传》：东晋道教学者葛洪（283—364）所著的志怪小说集。全书共十卷，收录了中国古代传说中的92位仙人的事迹，此书以丰富离奇的想象、细致生动的记叙而为人所称道。

② 益州，中国古地名，汉武帝设置的十三州之一，其最大范围（三国时期）包含今湖北、河南、四川、云南、贵州、重庆大部分地区及缅甸北部小部分地区，其治所在蜀郡的成都。

【译文】

《神仙传》说："松柏的树脂埋到地下，千年后会变成茯苓，茯苓又会变成琥珀。"琥珀又叫江珠。如今泰山出产茯苓而没有琥珀，益州永昌出产琥珀却没有茯苓。有人说琥珀是烧蜂窝制成的。我对这两种说法没有考证过。

茯苓
选自《金石昆虫草木状》　（明）文俶　收藏于中国台北图书馆

在古代，茯苓又称“伏灵”，是一种真菌，取“伏”字是因为其深埋于松根之下。杜甫就曾写下“知子松根长茯苓，迟暮有意来同煮”的诗句，诗人借茯苓和松树紧密相连的关系，表达了自己与友人志趣相投的感情。

琥珀
选自《金石昆虫草木状》（明）文俶　收藏于中国台北图书馆

琥珀，是松柏科植物的树脂化石。古人认识到琥珀与松柏植物的紧密联系，同时又因茯苓与松柏科植物也有紧密联系，所以自然而然地认为，二者同种，可以互相变化，如苏轼有诗云：“茯苓无人采，千岁化琥珀。”

地黄
选自《本草图汇》十九世纪绘本　佚名　收藏于日本东京大学附属图书馆

地黄，可入药，亦可日常食用。早在一千多年前，中原地区的人们就将地黄腌制成咸菜，或是切丝凉拌，煮粥而食，或是拿来泡酒、泡茶等。

地黄蓝首断心分根莱种皆生。女萝寄生兔丝，兔丝寄生木上，松根不着地。

【译文】

将根节多的地黄切成小段，移植栽种后都能成活。女萝寄生在兔丝上，兔丝寄生于松树之上，它们的根都不附着在地上。

堇花朝生夕死。

【译文】

木槿花早上开放，晚上凋谢。

单州菟丝子
选自《金石昆虫草木状》　（明）文俶　收藏于中国台北图书馆

菟丝，一年生寄生草本植物，通常寄生于豆科、菊科、蒺藜科等植物上。其茎黄色，弯曲纤细，无叶。花序侧生，少花或多花簇生成小伞形或小团伞花序。菟丝在古人眼中往往是失去独立性，需要依附他人的形象，元稹《菟丝》一诗写道："人生莫依倚，依倚事不成。君看兔丝蔓，依倚榛与荆……翳荟生可耻，束缚死无名。"杜甫《新婚别》亦有云："兔丝附蓬麻，引蔓故不长。嫁女与征夫，不如弃路旁。"

汉代医学

汉代的医药学已经十分发达，这一时期众多医学著作纷纷问世，如《神农本草经》。《神农本草经》传说为神农所作，实际上并非他一人一时完成，作为医药学专著，它是自战国以来世世代代的医者在实践中积累发展的药物性、药理等知识的总结。该书对各种药物的功效、产地以及制作方法等都有详细记载，并提出了医方中“君、臣、佐、使”的配伍原则和有关药物的“四气五味”学说。

在古人看来，人与自然界中的宇宙万物同生同灭，宇宙万物彼此之间又相生相克，因此，古人十分推崇天然药草可以治愈疾病。汉代文学家刘向的《说苑·建本》中有记载：“锐金石，杂草药，以攻疾苦。”宋代沈括在《梦溪笔谈·药议》中也记载当时的采药习惯：“古法采草药多用二月、八月，此殊未当。但二月草已芽，八月苗未枯，采掇者易辨识耳，在药则未为良时。”

神农像
选自《帝王道统万年图》册　（明）仇英　收藏于中国台北故宫博物院

采药草
选自《端阳故事图》 （清）徐扬 收藏于北京故宫博物院

食忌

人啖豆三年，则身重行止难。啖榆则眠，不欲觉。啖麦稼，令人力健行。饮真茶，令人少眠。人常食小豆，令人肥肌粗燥。食燕麦令人骨节断解。

【译文】

人连吃三年大豆，就会身体沉重，以至于行动困难。吃了榆荚就会贪睡，不想醒。吃麦子使人力气大，行走稳健。喝了烧煮过的茶，会让人失眠少觉。人常吃小豆，会导致肌肉肥厚，且皮肤干燥。吃燕麦使人容易骨折。

《茶饮图》
（清）佚名　收藏于美国华盛顿弗利尔美术馆

人食燕肉，不可入水，为蛟龙所吞。人食冬葵，为狗所啮，疮不差或致死。

【译文】

人吃了燕子肉后不能下水，否则就会被蛟龙吞掉。人吃了冬葵后，如果被狗咬伤，那么伤口不能愈合，甚至有可能会导致死亡。

《春风燕喜》
（明）吕纪　收藏于中国台北故宫博物院

冬葵
选自《百花画谱》　［日］毛利梅园　收藏于日本东京国立国会图书馆

冬葵，锦葵科，锦葵属一年生草本植物。明代李时珍《本草纲目》中有记载：“六七月种者为秋葵，八九月种者为冬葵。”冬葵的食用历史很悠久，最早记载于《诗经·豳风·七月》：“七月亨（烹）葵及菽。”冬葵的种植历史也非常悠久，可考证到汉代。冬葵除了食用之外，其花、叶均可入药。

马食谷，则足重不能行。雁食粟，则翼重不能飞。

【译文】

马吃了五谷，脚就会沉重不能走路。大雁吃了小米，翅膀就会沉重不能飞翔。

《雪芦双雁》（宋）佚名　收藏于中国台北故宫博物院

药术

胡粉、白石灰等以水和之，涂鬓须不白。涂讫[①]著油，单裹令温暖，候欲燥未燥间洗之。早则不得著，晚则多折，用暖汤洗讫，泽涂之。欲染，当熟洗，鬓须有腻[②]不着药。临染时，亦当拭须燥温之。

【注释】

① 讫：完结，终了。

② 腻：积污，污垢。

【译文】

铅粉、白石灰等用水搅拌均匀，涂在鬓须之上，可使鬓须不变白。涂完搽上薄薄一层油，使其保持温暖，等到它将干未干时洗掉。过早清洗，药就不能附着在须上，太晚洗掉，发丝则会容易断掉，用热水洗干净后，用药再涂一次。想要染鬓，必须仔细清洗鬓须，鬓须上有污垢不能使药物附着，所以染之前，也要擦拭鬓须，使它保持干燥。

妇女游戏
日本浮世绘　佚名

古人常用头发光泽象征青春勃发，用头发斑白比喻时光易逝，如李商隐《无题》诗中写道："晓镜但愁云鬓改，夜吟应觉月光寒。"欧阳修的《采桑子·十年前是尊前客》有云："鬓华虽改心无改，试把金觥。旧曲重听。犹似当年醉里声。"

《唐人宫乐图》轴
（晚唐）佚名　收藏于中国台北故宫博物院

在这幅宫乐图里，画家着重刻画了宫女们如云般秀丽的鬓发，借此显现出其青春勃发之态。“身体发肤，受之父母”，因此，古人无论男女都非常注重鬓发的养护。《诗经·伯兮》有云：“自伯之东，首如飞蓬。岂无膏沐，谁适为容？”意思是：自从你东行出征之后，我就再也无心打扮，头发生长得蓬乱如麻。哪里是没有膏沐呢？只是没有来欣赏我美丽的人罢了。“膏沐”，即妇女润发的油脂。由此可见，早在先秦时期，古人们就已经懂得用油脂来养护头发。

陈葵子微火炒，令爆咤，散著熟地，遍蹋之，朝种暮生，远不过经宿耳。陈葵子秋种，覆盖，令经冬不死，春有子也。周日用曰：愚闻熟地植生菜兰，捣石流黄筛于其上，以盆覆之，即时可待。又以变白牡丹为五色，皆以沃其根，以紫草汁则变之紫，红花汁则变红。并未试，于理可焉。此出《尔雅》。

【译文】

将陈年葵菜子用文火炒，使它发出爆裂声，然后将它撒在常年耕作的土地里，再用脚仔细踏实一遍，这样早晨种下去晚上就会发芽，最迟不过一夜。秋天种下陈年葵菜子，加以覆盖好，使它经过冬天不死，到第二年春天就能结果实了。周日用说："我听说在常年耕作的土地种植生菜兰，将石硫磺筛在它上面，再用盆覆盖保暖，它很快就会成熟。又听说想让白色牡丹变为五颜六色，那就要使它的根部发达，用紫草汁浇灌就会变成紫色，用红花汁浇灌就会变成红色。我虽然没有试过，但在理论上是可行的。这种说法出自《尔雅》。

《种秋花图》轴
（清）余省　收藏于北京故宫博物院

烧马蹄、羊角成灰，春夏散著湿地，生罗勒。

【译文】

把马蹄草和羊角草烧成灰，春、夏撒在湿地里，就会生出罗勒草。

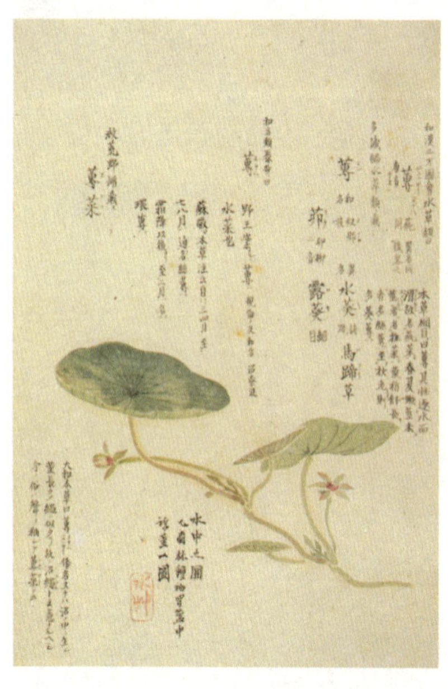

马蹄草
选自《百花画谱》［日］毛利梅园 收藏于日本东京国立国会图书馆

马蹄草应指莼菜，是一种多年生水生草本植物。《世说新语·识鉴》中这样记载：“张季鹰辟齐王东曹掾，在洛，见秋风起，因思吴中菰菜羹、鲈鱼脍，曰：‘人生贵得适意尔，何能羁宦数千里以要名爵！’遂命驾便归。俄而齐王败，时人皆谓为见机。”因此，后世也用“莼鲈之思”比喻思乡之情。

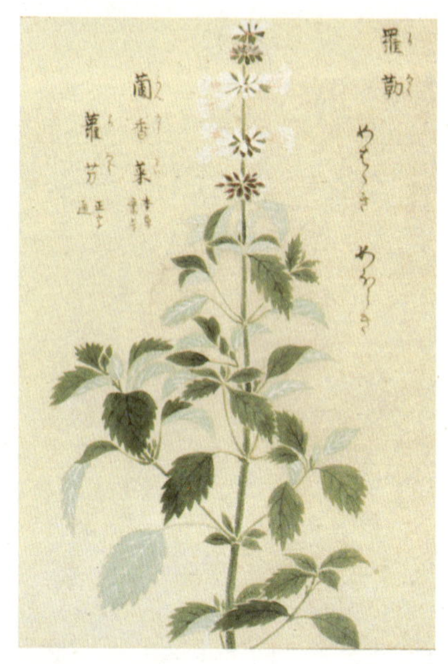

罗勒
选自《本草图谱》［日］岩崎灌园 收藏于日本东京国立国会图书馆

罗勒，一种芳香植物。其叶子翠绿，全株都散发着浓郁的香气，可食用，味道和茴香相似，在中国被广泛种植。

蟹漆相合成为[①]《神仙药服食方》云[②]。

【注释】

① 蟹漆相合成为：应作“蟹漆相合成水”。

② 《神仙药服食方》云：应是后人注释文字，此处误入正文。

【译文】

将螃蟹和干漆混合在一起，会变成水。《神仙药服食方》这样记载。

《荷蟹图》
（宋）佚名　收藏于北京故宫博物院

《淮南子·览冥》、《续博物志》等书中也有类似记载，如“蟹之败漆”“漆得蟹而散”，实际上这种听起来无稽之谈的说法是有科学依据的：甲壳纲动物的组织含有强有力的化学物质，这种化学物质能抑制某些酶的活动。毫无疑问，公元前2世纪以前，古代中国人就发现了这样一种强有力的漆酶抑制剂，并且通过它抑制和阻止漆的变黑和聚合过程。

戏术

削冰令圆，举以向日，以艾于后成其影，则得火。

【译文】

将一块冰削成圆球，举起来朝向太阳，再把艾绒放在冰的背面承接阳光，就能生火。

取火法，如用珠取火，多有说者，此未试。

【译文】

取火的方法，有一种是用珠取火，很多人说过这个，但我没有试过。

《神农本草》[①]云：鸡卵可作琥珀，其法取伏毈[②]黄白浑杂者煮，及尚软随意刻作物，以苦酒渍[③]数宿，既坚，内著粉中，佳者乃乱真矣。此世所恒用，作无不成者。

【注释】

① 《神农本草经》：已知最早的药学著作，也是中医本草学经典著作，成书于东汉时期，原作已散佚。《神农本

草经》系统总结了当时医家各方面的用药经验，全面细致地整理了当时已经掌握的药物知识。全书共计收录药物 365 种，作者有意从中选取药物种类以合一年 365 日之数，也即书中所说的："法三百六十五度，一度应一日，以成一岁。"

② 毈（duàn）：指蛋内坏散，孵不成小鸟。据《淮南子·原道训》记载："兽胎不贕，鸟卵不毈。"

③ 渍：浸泡。

【译文】

《神农本草经》说：鸡蛋可以制作琥珀，方法是将茯苓同孵化失败、蛋黄蛋白混杂的鸡蛋放在一起煮，趁鸡蛋还软的时候按自己的意愿刻成各种形状，再用醋泡上几夜，等到它变坚硬之后，再放进面粉里。如此，做得好的就可以假乱真了。这个方法世人常用，制作起来没有不成功的。

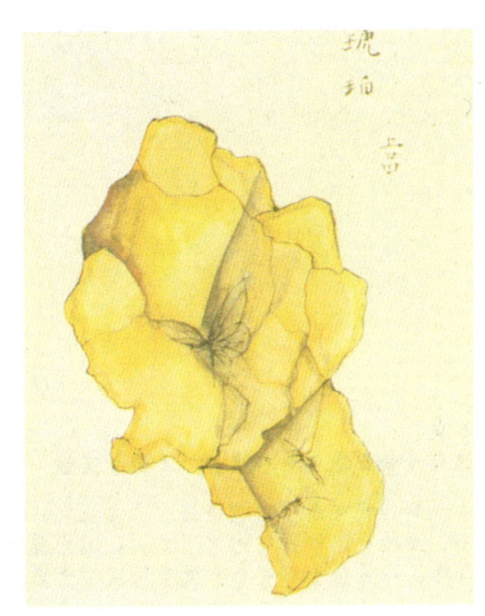

琥珀
选自《本草图汇》十九世纪绘本　佚名
收藏于日本东京大学附属图书馆

据许晓冬女士《中国古代琥珀艺术》记载："我国目前考古发掘最早的琥珀制品，见于四川广汉三星堆 1 号祭祀坑，为一枚心形琥珀坠饰。在汉代，琥珀多来自于西域，数量较为稀少，多限于皇室、贵族使用。也正因此，琥珀的造假之风盛行。直到现在，也有用松香和鸡蛋壳造假琥珀的方法。"

烧白石作白灰，既讫，积着地，经日都冷，遇雨及水浇即更燃，烟焰起。

【译文】

用石灰石烧生石灰，烧成之后，将生石灰堆积在地上，过几天全都冷却了。遇到下雨以及水浇，生石灰就会重新燃烧，腾起烟雾和火焰。

石灰
选自《金石昆虫草木状》　（明）文俶　收藏于中国台北图书馆

古代制作石灰通常用煅烧法。考古证实，还在四千年前，就已经有了用石灰岩燔烧的石灰，而最早记载石灰的《周礼》，其中提及的石灰却是用牡蛎壳燔烧的。此处石灰遇水即燃，应是指生石灰与水发生反应后大量放热，冒出大量的蒸汽和烟气。

五月五日埋蜻蜓头于西向户下，埋至三日不食，则化成青真珠。又云埋于正中门。

【译文】

五月初五那天将蜻蜓的头埋在朝西的门下，一连三天不给它喂食，蜻蜓的头就会变成青色珍珠。另一种说法是把它埋在正中方位的门下面。

《花蝶蜻蜓》
（元）王渊　收藏于中国台北故宫博物院

《太平广记》中引唐代道学家李淳风的《感应经》：“司马彪《庄子注》，有童子埋青蜓之头，不食而舞。曰此将为珠，人笑之。”司马彪和张华是同时代人，由此可见，此处“埋蜻蜓头化青珠”的说法，应是张华误记。

取鳖挫[①]令如棋子大，捣赤苋汁和合，厚以茅苞，五六月中作，投池中，经旬[②]脔脔[③]尽成鳖也。

【注释】

① 挫：折断、摧折。

② 旬：十日为一旬。

③ 脔：切成小块的肉。据《说文解字》记载："一曰切肉，脔也。"

【译文】

将甲鱼切成棋子大小，再将赤苋捣成汁与之和匀，外面裹上厚厚的茅草，在五六月份的时候投进池塘里，再过十天，切成一块块的甲鱼块就全都变成甲鱼了。

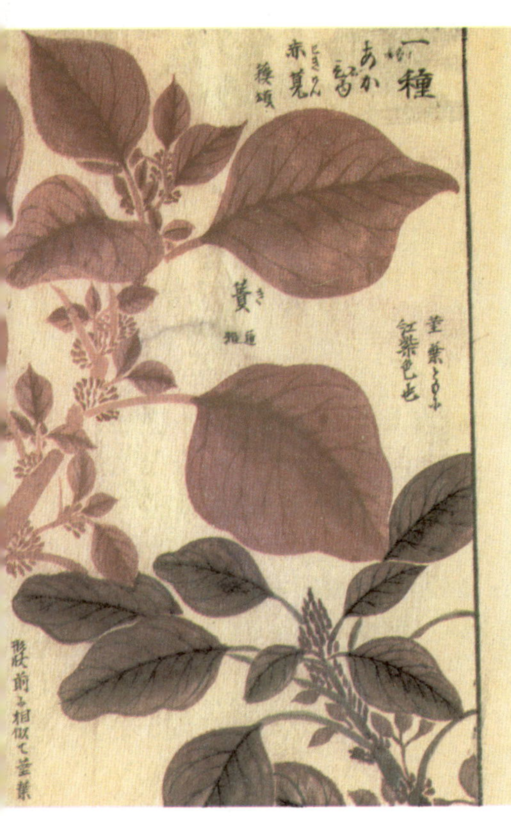

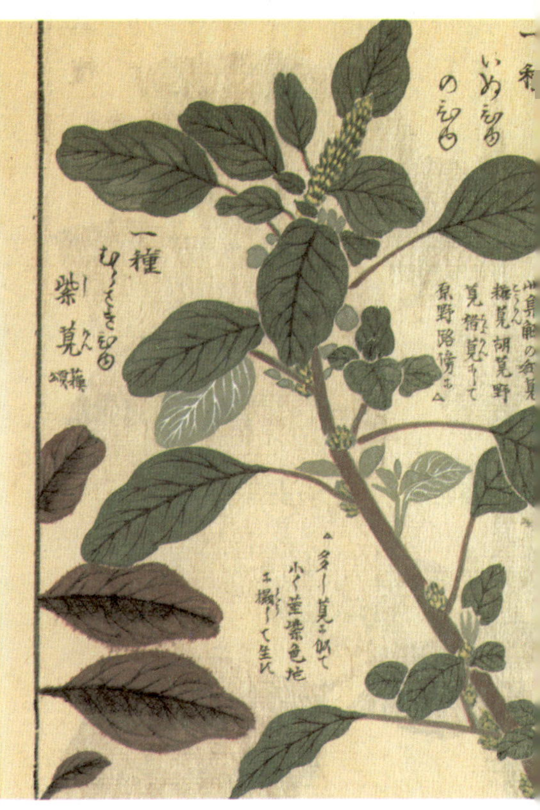

苋菜几种
选自《本草图谱》 ［日］岩崎灌园 收藏于日本东京国立国会图书馆

红苋作为一种常见的蔬菜，因其味道鲜美，颜色鲜红，所以古人认为食用红苋能够补血，是“长命菜”。此外，古人有端午吃苋菜、饮用雄黄酒的习俗，这是因为红苋菜能祛毒避邪，使人安度暑日。因此，古人认为的“红苋汁能复活甲鱼”的说法，或许是出于以上两种原因。